AF301248

Tucholsky Wagner Zola Scott Sydow Freud Schlegel
Turgenev Wallace Fonatne Friedrich II. von Preußen
Twain Walther von der Vogelweide Fouqué
Weber Freiligrath Frey
Fechner Weiße Rose von Fallersleben Kant Ernst Frommel
Fichte Richthofen
Hölderlin
Engels Fielding Eichendorff Tacitus Dumas
Fehrs Faber Flaubert
Eliasberg Ebner Eschenbach
Feuerbach Maximilian I. von Habsburg Fock Zweig
Ewald Eliot Vergil
Goethe London
Elisabeth von Österreich
Mendelssohn Balzac Shakespeare Dostojewski Ganghofer
Lichtenberg Rathenau Doyle Gjellerup
Trackl Stevenson Hambruch
Mommsen Tolstoi Lenz Droste-Hülshoff
Thoma Hanrieder
von Arnim Hägele
Dach Verne Hauff Humboldt
Reuter Rousseau Hagen Hauptmann Gautier
Karrillon Garschin
Defoe Baudelaire
Damaschke Hebbel
Descartes Hegel Kussmaul Herder
Wolfram von Eschenbach Schopenhauer Rilke George
Darwin Dickens
Bronner Melville Grimm Jerome Bebel Proust
Campe Horváth Aristoteles Voltaire Federer
Bismarck Vigny Barlach Herodot
Gengenbach Heine
Storm Casanova Tersteegen Grillparzer Georgy
Chamberlain Lessing Langbein Gilm
Gryphius
Brentano Lafontaine
Strachwitz Claudius Schiller Kralik Iffland Sokrates
Schilling
Katharina II. von Rußland Bellamy Raabe Gibbon Tschechow
Gerstäcker
Löns Hesse Hoffmann Gogol Wilde Vulpius
Luther Heym Hofmannsthal Gleim
Roth Klee Hölty Morgenstern Goedicke
Heyse Klopstock Kleist
Luxemburg Homer
Puschkin Mörike
La Roche Horaz Musil
Machiavelli
Navarra Aurel Musset Kierkegaard Kraft Kraus
Nestroy Marie de France Lamprecht Kind Kirchhoff Hugo Moltke
Laotse Ipsen Liebknecht
Nietzsche Nansen
Marx Lassalle Gorki Klett Ringelnatz
von Ossietzky Leibniz
May vom Stein Lawrence Irving
Petalozzi Knigge
Platon Pückler Michelangelo Kafka
Sachs Poe Kock
Liebermann Korolenko
de Sade Praetorius Mistral Zetkin

Der Verlag tredition aus Hamburg veröffentlicht in der Reihe **TREDITION CLASSICS** Werke aus mehr als zwei Jahrtausenden. Diese waren zu einem Großteil vergriffen oder nur noch antiquarisch erhältlich.

Symbolfigur für **TREDITION CLASSICS** ist Johannes Gutenberg (1400 — 1468), der Erfinder des Buchdrucks mit Metalllettern und der Druckerpresse.

Mit der Buchreihe **TREDITION CLASSICS** verfolgt tredition das Ziel, tausende Klassiker der Weltliteratur verschiedener Sprachen wieder als gedruckte Bücher aufzulegen – und das weltweit!

Die Buchreihe dient zur Bewahrung der Literatur und Förderung der Kultur. Sie trägt so dazu bei, dass viele tausend Werke nicht in Vergessenheit geraten.

Mahâ-Rôg

Max Nordau

Impressum

Autor: Max Nordau
Umschlagkonzept: toepferschumann, Berlin

Verlag: tredition GmbH, Hamburg
ISBN: 978-3-8424-0999-6
Printed in Germany

I

An dem flachen Ufer des Tursaflusses, dessen graugrüne Wellen langsam zum heiligen Brahmaputra fließen, stand auf dem schwachen Bodenrücken, der das Riedgelände scharf von den Weizenäckern scheidet, die Hütte Dasas und seiner jungen Gattin Udschli.

Dasa war ein Rayat von guter Kaste und in der Dorfschaft angesehen.

Udschli galt für das schönste Weib der Gegend. Sie trug ihren Namen – Udschli bedeutet auf Hindustanisch die Weiße – mit Recht. Sie war von auffallend heller Haut, deren warme Tönung nur schwach ins Gelbe hinüberspielte, wie die äußeren Blätter einer Teerose. Ihr schweres schlichtes Haar, schwarz und glänzend wie geglätteter Gagat, fein wie Seide und duftend wie Zimt, war nach der Landesart gescheitelt und mit Korallen- und Schmelzperlensträhnen durchflochten. Ein silbernes Geschmeide, mit vier kleinen Türkisen besetzt, hing in die glatte Stirn und ließ sie bernsteinfarben erscheinen. Ihre großen Mandelaugen mit dem kleinen dunkeln Stern im bläulich schimmernden Apfel blickten still und sanft unter dem Schatten der sehr langen aufgekrümmten Wimpern. Den linken Flügel des wundervoll fein modellierten Näschens schmückte ein Silberplättchen. Der edle Mund bezauberte mit seinen frischen tiefroten Lippen, hinter denen beim Sprechen und Lächeln die schönsten Zähne aufblitzten. Wenn die Nachbarinnen sie in ihrem rosa und weiß gestreiften Baumwollkleide, die Büste von einem Seidennetz modelliert, die silbernen Fußringe bei jedem Schritte leise erklirrend, durch die Dorfstraße dahinschreiten sahen, blickten sie ihrer hohen biegsamen Gestalt nach und flüsterten Segenssprüche für ihr junges Haupt.

Sie war bei groß und klein beliebt. Wegen ihrer Schönheit, wegen ihrer Sanftmut, auch wegen ihres Schicksals.

Sie war das einzige Kind ihrer Mutter Rani, von der die Familie sie in frühem Alter getrennt hatte. Denn Rani hatte das Unglück, bald nach der Geburt Udschlis am Aussatz zu erkranken. In der ganzen Familie war bis dahin kein einziger Fall dieses schrecklichen

Siechtums bekannt. Die Umgebung ahnte auch viele Monate lang die Natur des Übels nicht, bis es sich so schlimm entwickelt hatte, daß selbst die Unkundigen es nicht länger verkennen konnten. Nun suchte die Familie den Schicksalsschlag zu verheimlichen. Nicht um der Kranken willen, sondern wegen ihrer Angehörigen, um ihrem Gatten, besonders aber ihrem Kinde nicht zu schaden. An das weitläufige Haus, worin nach dem Brauche der Kaste die vollständige Sippe, Eltern, verheiratete Geschwister und Kinder, drei Geschlechter desselben Blutes, zusammenlebten, wurde ein besonderes Gelaß angebaut, das man von dem zum Eingang führenden Pfade nicht wahrnehmen konnte, und dort verbrachte Rani, von den Verwandten und Hausgenossen abgesondert, ihre trostlosen Tage. Es fiel aber den Nachbaren bald auf, daß man die junge Frau nicht mehr sah, um den Dorfteich begann man zu munkeln, der Gatte, die Schwiegereltern, die Schwestern und Schwägerinnen wurden mit immer häufigeren Erkundigungen, immer dringenderen Fragen verfolgt und es dauerte nicht lange, da war das Dorf hinter das Geheimnis gekommen. Die öffentliche Meinung forderte gebieterisch, daß die Kranke aus dem Hause und Dorfe entfernt und nach dem Heim für Aussätzige des Kreises gebracht werde.

Gegen die Stimme der Kaste, des Ortes gilt in Indien kein Widerstand. Die Familie mußte sich unterwerfen.

Eines frühen Morgens, als noch der Tau auf den Gräsern blinkte, die Tiger aber sich schon in das Röhricht zurückgezogen hatten, hoben Ranis Gatte und seine Brüder eine dicht in Schleier und Decken gehüllte unbewegliche Gestalt in den mit zwei Zebus bespannten Dachwagen, schoben eine kleine mit Spiegelstückchen geschmückte Sandelholztruhe unter ihren Sitz und schlugen den Pfad nach der stäubenden Landstraße ein. An der Schwelle des Hauses standen schluchzend die Frauen der Familie und sahen dem sich entfernenden Gefährt nach. Die Kranke allein weinte nicht und blickte nicht zurück. Sie war ergeben, wie es ihres Volkes Art ist. Sie wußte, daß sie von nun ab von den Lebenden und dem Leben abgeschnitten war, aber sie wußte es schon lange. Sie sollte den Gatten nicht mehr sehen, aber sie sah ihn schon seit Monaten nur aus einiger Entfernung. Sie wurde von ihrem einzigen Kinde losgerissen, aber sie durfte es schon seit Monaten nicht berühren, und fast brach es ihr das Herz weniger, davon ganz getrennt zu sein, als durch die

Stäbe einer Gittertür zu sehen, wie es scheu zu ihr hinüberstarrte, immer seltener begehrende Händchen nach ihr ausstreckte, immer weniger in ihr von Liebe bereitetes und gehütetes Gefängnis hineinsprach und ihr allmählich fremd wurde, als dehnten sich unabsehbare Fernen zwischen ihnen. Da sie ihr Haus für immer verlassen mußte, ging sie an dem Bettchen der damals Zweijährigen vorbei, ohne den Kopf danach zu wenden. Das war ihr leichter, als davor zu stehen, das Kind im Schlummer zu betrachten, es aber nicht berühren zu dürfen.

Udschli vergaß die Mutter bald, wie die gütige Natur es kleinen Kindern gestattet. Niemand sprach ihr von der Fernen und ihre Sippe wie das ganze Dorf behandelte sie wie eine Waise. Viele Augen wachten ängstlich über sie und prüften, vor Entdeckungen bangend, bei jedem Aus- und Ankleiden ihren zierlichen Puppenleib, ihre wohlgerundeten Gliederchen. Aber ihre Haut blieb glatt und rein wie geschlagenes Gold und sie entwickelte sich wie auf schlankem Stengel eine Lilie. Dennoch fühlten die Angehörigen sich nicht ganz beruhigt, denn der Aussatz ist eine tückische Krankheit und die Vererbung wird manchmal erst nach langen Jahren offenbar. Man verheiratete sie nicht nach Landesbrauch im Kindesalter, sondern wartete damit, bis sie zur Jungfrau herangeblüht war.

Als sie verständig wurde, begann sie nach ihrer Mutter zu fragen. Man sagte ihr nur, sie habe sie früh verloren. Sie wollte Einzelheiten wissen, die Frauen der Familie baten sie jedoch, von ihrem Forschen abzulassen. Sie beschied sich, denn die Sehnsucht nach der Mutter, deren sie sich nicht einmal schattenhaft erinnern konnte, war nicht zwingend in ihrem Gemüte, sondern nur durch Vergleichung ihrer Verhältnisse mit denen anderer Kinder erregt.

Seit Dasa zehn Jahre alt war und Udschli sieben, waren die beiden von ihren Familien füreinander bestimmt, man traute sie aber einander nicht an, man verlobte sie nicht einmal förmlich, denn Dasa sollte nicht gebunden sein, falls die Krankheit Udschli dennoch heimsuchen würde. Die Sippe des Mädchens hatte dies selbst vorgeschlagen und die des Knaben die Abmachung billig gefunden.

Einmal monatlich pflegte Udschlis Vater früh morgens seine Zebus vor den Wagen zu spannen, einen am Vorabend von den Frauen bereiteten Korb mit Brot, Hirse, Reis, Gi und allerlei Früchten, manchmal auch Leinen- und Baumwoll-Kleidungsstücken, unter den Sitz zu stellen und wegzufahren. Spät abends kam er dann mit dem leeren Korbe heim und hatte Schatten von Betrübnis in der Miene. Lange fiel ihr diese Gewohnheit nicht auf, denn sie hatte sie immer gekannt, so weit sie sich zurück erinnern konnte. Eines Abends jedoch, als die Frauen wieder einmal den Korb packten, fragte sie: »Wem bringt der Vater immer diese guten Sachen?« Alle schlugen betroffen die Augen nieder. Ihre Großmutter faßte sich indes rasch und erwiderte: »Das ist die Monatsabgabe, die dein Vater dem Semindar bringt.« Das leuchtete Udschli ein. Nach einer Weile fragte sie weiter: »Wo wohnt der Semindar?« »In Kutsch,« lautete die Auskunft. Auch daran war nichts Auffallendes. Gleichwohl beschäftigte sie sich, ohne zu wissen warum, in der Folge mehr mit den monatlichen Reisen ihres Vaters und sie bat ihn eines Tages unversehens, er solle sie doch nach Kutsch mitnehmen, um ihr die schöne Stadt und das reiche Haus des Semindars zu zeigen. Der Vater fuhr zusammen und blickte sie aus weit offenen Augen an. Da er jedoch die Unbefangenheit seiner Tochter bemerkte, begnügte er sich, den Kopf zu schütteln und zu sagen: »Es kann nicht sein.«

»Warum nicht, Vater?«

»Der Weg führt durch eine Furt, da sind Gaviale; dann durch einen Wald, da sind Tiger; dann durch Hirsefelder, da sind Brillenschlangen. Es ist zu gefährlich.«

Udschli lächelte schalkhaft. »Es ist dir doch aber nie etwas geschehen, Vater.«

»Es geht nicht,« wiederholte der Vater barscher und schnitt das Gespräch ab. Die Ehrerbietung, die sie dem Vater schuldete, ließ sie schweigen, aber es blieb eine Neugierde und eine Sehnsucht in ihrem Geiste zurück und sie dachte oft, es müsse schön sein, mit dem Vater durch die Furt und den Wald und die Hirsefelder nach Kutsch zu fahren und sich in den Gärten und Bazaren der großen Stadt zu ergehen.

So verflossen die Jahre, Zeiten der Fülle und Zeiten der Hungersnot, bis Udschli sechzehn Jahre alt war und Dasa neunzehn. Schon lange waren sie der Gegenstand der allgemeinen Aufmerksamkeit bei den Aschtunfesten,[1] an denen sie teilnahmen, denn sie waren die einzigen Unvermählten ihres Alters und das gab ihnen einen Reiz, den weder die unreife Jugend, noch die verheirateten Erwachsenen ausüben konnten. Udschli mußte sich bei den Aufzügen und Tänzen zu den Mädchen halten, die sie alle um Haupteslänge überragte und von denen sie als ihre Königin behandelt wurde. Dasa fühlte sich in schiefer Stellung. Mit den Knaben mochte er nicht gehen, unter die Familienväter durfte er sich noch nicht mischen. Er blieb deshalb gern abseits und weidete sich aus der Ferne an der Schönheit seiner Versprochenen. Es war ein Tag des Glücks und der Befreiung für ihn, als nach langer Beratung der beiden Familien ihm endlich eröffnet wurde, daß er seine Brautwerber zu Udschlis Vater schicken dürfe. Die jungen Leute zogen blumengeschmückt mit Blüten, Früchten, einem Körbchen voll Gerste und einem Wasserkruge nach dem Hause der Auserwählten, um diese Gaben dem Vater darzubieten, der durch ihre Annahme seine Zustimmung ausdrückt, während ihre Ablehnung die Zurückweisung des Werbers bedeuten würde. Ihnen folgten mit fröhlichem Geschrei radschlagende und katzbalgende Dorfrangen, die natürlich wohl wußten, was der Zweck ihrer Sendung war, während die Frauen und Mädchen der Nachbarschaft sich vor dem Hauseingang sammelten, um Zeugen des Empfanges der Werber durch die Familie zu sein.

Zu dem bunten Häuflein hatte sich auch ein junges Mädchen eingefunden, das von den übrigen abgesondert stand, da sie es nicht in ihrer Mitte geduldet hätten. Denn es war ein Mädchen von niedrigster Kaste und von schlechtem Rufe, dunkel an Haut, dürftig gekleidet und ohne Schmuck. Die wilde Dirne hatte sich in den letzten Monaten bei den Aschtunfesten mit kleinen herausfordernden Neckereien an Dasa heranzuschmeicheln gesucht, war aber von ihm zuerst nicht beachtet und dann schroff zurückgewiesen worden. Seine Tugend wurde ihm leicht durch die strahlende Schönheit seiner Versprochenen, durch seinen Kastenstolz und durch die Blicke der ihn beobachtenden Dorfschaft. Das dreiste Geschöpf hatte von ihm abgelassen, aber gegen Udschli einen Grimm gefaßt, der nach Rache dürstete.

---

[1] Die Aschtunfeste werden von den Hindus monatlich zweimal gefeiert und ersetzen ihnen gewissermaßen die wöchentlichen Ruhetage anderer Völker.

Da stand das zerlumpte Mädchen nun in der Nähe der Tür und als die Brautwerber über die Schwelle traten, rief sie ihnen mit ihrer hellsten Stimme nach: »Seid ihr schon bei der aussätzigen Mutter in Kutsch gewesen?« Die Frauen und Mädchen wandten sich empört gegen sie und bedrohten sie mit Worten und Geberden. Sie aber kreischte noch lauter: »Ihr werdet doch die aussätzige Mutter in Kutsch auch zur Hochzeit laden?« Man drang mit erhobenen Fäusten und vorgestreckten Nägeln auf sie ein, sie machte aber eine lange Nase und lief behend wie eine Gazelle mit Gelächter davon.

Udschli, die hinter dem Fenster verborgen voll Mädchenneugierde nach den jungen Leuten mit den herkömmlichen Geschenken spähte, hatte alles gehört. Totenbleich taumelte sie in die Stube zurück und fragte angstvoll die sie umstehenden Frauen der Familie: »Was meint dieses Mädchen? Was ist es? Was sagt sie da?« Die Frauen suchten sie zu beruhigen. Sie zogen sie rasch in die anstoßende Schlafkammer und flüsterten: »Höre nicht auf die Landstreicherin. Sie ist der Auswurf des Dorfes. Sie weiß nicht, was sie schwatzt. Sie lügt.«

Udschli ließ sich nicht beruhigen. »Wie verfällt sie gerade auf diese Lüge? Was will sie mit meiner aussätzigen Mutter in Kutsch? Meine Mutter ist doch nicht in Kutsch? Meine Mutter ist doch lange tot, die Teure, die Gute?« Die Frauen blickten weg und schwiegen und fanden unter den häufigen, drängenden Worten des immer ahnungsvolleren, immer erregteren Mädchens nicht rasch genug eine mitleidige Lüge. Da rief Udschli unter hervorbrechenden Tränen: »Sagt mir, was es ist, oder ich gehe unverweilt zu der Schwarzen und frage sie selbst, was sie gemeint hat.« Die überrumpelte schwache Großmutter konnte sich der Stürmenden nicht erwehren. Sie umfing ihr schönes Köpfchen, zog es an ihre alte Brust und sagte ihr mit trauriger, leiser Stimme ins Ohr: »Es ist wahr. Deine Mutter hat die große Krankheit und wir haben sie nach Kutsch bringen müssen. Ins Siechenhaus. Um deinetwillen.«

»Um meinetwillen?«

»Damit du das Übel nicht erbst.«

»Und sie lebt!«

»Sie lebt.«

Während in der großen Stube die Brautwerber ihre Zeremonien erfüllten und mit dem Vater die vom Brauche vorgeschriebenen Reden wechselten, erfuhr im Nebengemach Udschli mit bebendem Herzen die ganze Wahrheit über ihre Mutter. Ihre Fragen strömten unstillbar wie ihre Tränen und Großmutter, Muhmen und Basen konnten ihrem brennenden Verlangen nach Einzelheiten nicht genugtun. Und als nach einiger Zeit die jungen Leute das Haus verließen und der Vater, der sie bis an die Schwelle begleitet hatte, freudestrahlenden Antlitzes in die Stube zu den Frauen trat, da ward ihm die Überraschung, daß Udschli sich ihm an die Brust warf, seinen Hals mit ihren Armen umfing und ihm schluchzend zurief: »Vater, ich will zur Mutter. Nimm mich nach Kutsch mit.«

Was immer er einwenden mochte, es half nichts. Sie ließ nicht ab, bis er versprochen hatte, er werde mit ihr am nächsten Morgen nach Kutsch zur Mutter fahren. Sie war es, die nach schlafloser Nacht vor Tagesanbruch den Vater und eine ältere Muhme weckte, die mitkommen sollte, um immer bei Udschli zu sein. Unterwegs, während die Zebus gemach die wohlbekannte Straße entlang zogen, hielt die Muhme Udschlis Hand in der ihrigen und der Vater suchte sie auf das bevorstehende Erlebnis vorzubereiten.

»Du darfst nicht erschrecken, wenn du deine arme Mutter siehst. Die Wahrheit ist, daß du deine Mutter nicht sehen wirst. Sie hat den ganzen Kopf mit Binden umhüllt. Denn sie ist blind. Und du darfst ihr auch nicht nahekommen.«

»Ach!«

»Nein. Du darfst ihr nicht nahekommen. Und ich auch nicht. Siehst du, und darum wäre es besser gewesen, du wärst daheim geblieben und hättest von alledem nichts gewußt.«

»Blind! Ach! Mutter, Mutter! Ist sie allein? Wer ist bei ihr?«

»Sie ist nicht allein. Sie ist mit den anderen.«

»Den anderen? Welchen anderen?«

»Nun, den anderen Kranken, die auch die große Krankheit haben. Es wird dich betrüben, sie zu sehen. Sie sind kein Anblick für eine schöne, glückliche Braut. Sie sind traurig und machen traurig.«

»Und die Mutter ist immer traurig?«

»Das Siechenhaus ist eine Stätte der Betrübnis. Aber den Rechtschaffenen erwartet die Wiedergeburt, die ihn erlösen wird. Deine Mutter wird im nächsten Erdenleben eine Königin sein, die lächelnde, hohe Rani mit Diamantenkrone und Dienerinnen und Musik- und Tanzmädchen. Was ist zu tun? Die Götter machen mit uns, was sie wollen. Sie sind manchmal hart. Doch immer gerecht. Wer weiß, was deine arme Mutter im vorigen Dasein verschuldet hat. Das muß sie jetzt büßen.«

Die heißen Tagesstunden waren schon heraufgezogen, als sie vor dem Hause der Aussätzigen ankamen. Es lag in einiger Entfernung von der Stadt, etwas abseits von der Straße, von dieser durch einen kleinen, schlecht gehaltenen Teich getrennt. Es glich einem alten, halbverfallenen, weitläufigen Schuppen, ohne Fenster, mit einem vielfach zersplitterten Holzgatter als Tür. Vor dem Haus, am flachen, schlammigen Ufer des Teiches, am Straßenrand, saßen und lagen einige Gestalten, die sich teils unbeweglich sonnten, teils gegen einen Baumstamm gelehnt, den Oberleib im Schatten, die Beine in der Tagesglut, den Kopf in langsamer, gleichmäßiger Pendelbewegung rechts und links schaukelten. Ob sie Männer oder Weiber, ob sie alt oder jung waren, konnte man nicht unterscheiden, auch wenn die Köpfe nicht in Tücher oder schmutzige Lappen eingebunden waren. Die meisten waren in Lumpen gehüllt, wenige ganz und reinlich gekleidet.

Der Wagen blieb auf der Straße, seine drei Insassen stiegen ab und Udschli schritt zwischen ihrem Vater und ihrer Muhme, ein Körbchen mit Früchten und Gi in der zitternden Hand, auf die jammervollen Gruppen zu. Einige Kranke regten sich nicht und blickten nicht auf, als der Schatten der Besucher auf sie fiel; andere streckten ihnen wortlos bettelnd die Hand entgegen und Udschli sah schaudernd, daß ihnen die Finger ganz oder teilweise fehlten; noch andere läuteten bei ihrer Annäherung langsam und matt mit einer dumpf tönenden, hölzernen Glocke, die sie im kraftlosen Handstummel hielten. So oft Udschlis Fuß festwurzeln wollte, zog ihr Vater sie sanft weiter, bis sie am Eingang des Siechenhauses standen. Dort saß im Schatten der Torwölbung auf einer Matte ein besser gekleideter Mann mit einem Turban, der auf eine gewisse obrigkeitliche Stellung hindeutete.

Udschlis Vater legte eine Paisa[2] auf eine vorspringende Leiste an der Wand hinter dem Manne und fragte: »Willst du meine Frau, Frau Rani, die Gattin Ganapats aus Masrapur, herausrufen?«

Der Mann mit dem Turban blickte auf und Udschli bemerkte entsetzt, daß ihm im ungeheuerlich gedunsenen löwenähnlichen Gesichte die Nase und ein Teil der Oberlippe fehlten. Zwischen den fletschenden gelben Zähnen zischte es hervor: »Sei gegrüßt, Ganapat, ich will sehen, ob deine Rani im Hause ist.«

Er erhob sich mühsam vom Boden, steckte die Kupfermünze ein und ging langsam hinein. Während die Besucher seine Rückkehr erwarteten, schlichen vermummte und unvermummte Aussätzige aus und ein, die einen die hölzerne Warnglocke schwingend, die anderen die Harrenden anbettelnd. Der Türhüter oder Aufseher erschien wieder und zischte: »Deine Rani ist mit ihrer Freundin ausgegangen. Sie werden wohl nicht weit sein. Du wirst sie auf der Straße gegen die Stadt hin treffen.«

Udschlis Vater wußte Bescheid. Er ging mit seinen beiden Begleiterinnen den Pfad entlang bis nach der Straße, welcher er in der Richtung der aus der Ferne mit einigen hohen Türmen und blitzenden Kuppeln herüberschimmernden Stadt folgte. Er lugte aufmerksam nach den lagernden und wandelnden Kranken, die stärker oder schwächer mit ihrer Holzglocke klapperten, und setzte stumm seinen Weg fort. Wo der Teich aufhörte, da blieb er plötzlich stehen und faßte Udschlis Hand. Das Mädchen verstand und blickte auf. Wenige Schritte weit sah sie zwei Gestalten langsam am Saum der Straße herankommen. Die eine zeigte ein mit Schwären und Pusteln bedecktes Angesicht mit einem zerstörten Auge und einer Stirn, die wie ein Stück bemoster Baumrinde aussah. Die andere hatte den ganzen Kopf bis zur Höhe des Mundes in ein weißes Tuch gehüllt und nur eine entfärbte Unterlippe und ein zitterndes Kinn blieben vom Antlitz sichtbar. Die Vermummte war rein gekleidet, die Einäugige zerlumpt und verwahrlost. Als sie der Gruppe näherkam, zog sie ihre Begleiterin, die sie am Arm führte, enger an sich heran und rasselte, ohne aufzublicken, mit der Warnglocke.

---

[2] Paisa, in englischer Schreibung Pice, kleine indische Scheidemünze, ein Zwölftel eines Anna, wovon sechzehn auf die Rupie gehen.

»Die Mutter?« stieß Udschli mit gepreßter Stimme hervor und machte eine Bewegung, wie um zu ihr hinzustürzen. Ihr Vater und ihre Muhme hielten sie kraftvoll fest und jener sprach laut: »Sei gegrüßt, Rani, ich bin hier.«

Die beiden Kranken blieben überrascht stehen und die Vermummte erwiderte: »Bist du es, Ganapat? Sei gegrüßt und gesegnet. Was führt dich an dem ungewohnten Tage zu mir?« Ihre Stimme klang so rauh und heiser, daß sie mehr dem Knirschen einer rostigen Türangel als menschlichen Lauten glich.

»Mutter, Mutter, ich bin gekommen, um dich zu sehen, o Mutter, die man mir so früh genommen hat,« rief Udschli aufschluchzend und machte heftige Anstrengungen, um sich loszureißen.

Rani richtete sich auf, erhob den Kopf, das Zittern ihres sichtbaren Kinnes wurde stärker und aus ihrer tonlosen Kehle röchelte es hervor: »Wer bist du, die mich Mutter nennt?«

»Deine Udschli, Mutter, deine arme Udschli. O Mutter, weißt du denn nicht, daß du ein Mädchen hast?«

Die Kranke wiegte langsam den Kopf hin und her und krächzte mit deutlich bebender Stimme: »Ich habe es gewußt, aber ich habe es vergessen müssen. Ich habe dich mit meiner Milch genährt und du warst wohl ein Jahr lang meine Freude. Dann wurden meine Arme leer und sie trugen dich nicht mehr. Du warst mein Glück, aber ich habe dich wenig gekannt. Du hast mich gar nicht gekannt. Ich habe niemand, und mich hat die Krankheit. Mögen die Götter dir Glück und Segen geben, mein Kind. Geh heim und denke nicht an deine arme Mutter.«

»Nicht an dich denken! Mutter! Da ich dich gesehen habe! O Mutter, und du bist hier allein.«

»Ich bin nicht allein, Kind; diese Gute, die Motiya hier, pflegt mich und führt mich. Dein Vater Ganapat kommt oft und läßt es mir an nichts fehlen. Die Götter mögen ihn segnen. Und ich denke an mein nächstes Dasein. Es wird ja wohl bald beginnen. Geh, Kind, geh heim.«

Der Vater hatte gesenkten Hauptes und mit trauriger Miene zugehört, ohne Udschlis Hand loszulassen. Er flüsterte ihr jetzt zu: »Gib deiner Mutter, was im Korbe ist.«

Udschli wollte einen Schritt zu ihr tun. Der Vater belehrte sie aber: »Lege es auf den Boden vor sie hin.«

»Wie einem armen Tier!«

»Man darf nicht anders.«

Udschli kauerte nieder, holte den Topf mit Gi, die Bananen, die in Blätter gewickelten Pfirsiche und das Säckchen Reis heraus, legte alles säuberlich nebeneinander und sprach demütig, während ihre Tränen strömten: »Mutter, hier ist, was wir dir gebracht haben.«

Die Kranke nickte und ihre Begleiterin bückte sich, um die Lebensmittel aufzulesen und in den aufgerafften Saum ihres Rockes zu sammeln. Der Stoff war so schmutzig, daß Udschli ein Ekel ankam. »Ich will dir die Sachen ins Haus tragen, Mutter,« rief sie und machte Miene, der Einäugigen wieder abzunehmen, was sie schon in der Hand hielt. Der Vater zog sie aber lebhaft zurück und die Mutter krächzte mit schwacher Stimme: »Laß nur, Kind, laß nur, so ist es gut. Begleite mich nicht. Ganapat, warum hast du das Kind hergebracht?«

»Rani,« erwiderte er unsicher, »Udschli verheiratet sich, sie hat erfahren, wie es mit dir steht, und sie wollte dich vor der Hochzeit sehen.«

Die Kranke erhob den Kopf und das Zittern des Unterkiefers hörte einen Augenblick auf. »Wen heiratet sie?« kam es aus der zerstörten Kehle heraus.

»Den jungen Dasa, den Sohn von Bihari Lal Ram, wenn du dich seiner erinnerst.«

Sie dachte eine Weile nach, dann fragte sie weiter: »Wie alt ist das Kind?«

»Sechzehn Jahre.«

»Wie lange bin ich hier?«

»Nahe an die vierzehn Jahre.«

»Ist das Kind gesund?«

»Ganz gesund, Rani.«

»Sie ist schön wie der Vollmond,« murmelte die Einäugige.

»Allen Göttern sei Dank,« sagte Rani. Dann nickte sie einigemal mit dem Kopfe und fügte hinzu: »Ich bin müde. Es ist heiß. Ich muß ins Haus zurück. Lebt wohl, lebt wohl.« Und sie verließ mit kleinen schleifenden Schritten am Arm ihrer Führerin ihre Besucher.

»Mutter!« rief ihr Udschli nach, aber ihr Vater legte ihr die Hand auf den Mund und sprach leise, doch eindringlich: »Laß sie, Kind, es muß ja sein.« Da starrte das Mädchen der sich langsam Entfernenden einen Augenblick nach, warf sich, ehe ihr Vater es verhindern konnte, in den Staub der Straße und berührte mit der Stirn die Stelle, wo der Fuß ihrer Mutter gestanden hatte.

Die Fahrt nach Kutsch ließ tagelang tiefe Schwermut in Udschlis Seele zurück, obwohl ihr Bräutigam und ihre Angehörigen alles taten, um sie zu zerstreuen, und obwohl die Vorbereitungen zur nahen Hochzeit ihr so viel Arbeit gaben, daß zum Versinken in Träumerei kaum Zeit blieb.

Dasa liebte seine schöne Braut leidenschaftlich und wich seit dem Tage der förmlichen Verlobung nicht von ihrer Seite. Er kam so früh am Morgen und ging so spät am Abend, wie es die Sitte irgend gestattete, streute ihr Blumen vor die Füße und in den Schoß, brachte ihr kleine Geschenke und begleitete sie heiß und trunken mit den Blicken, wenn sie am Herde unter religiösen Bräuchen und Gebetversen die Mahlzeiten bereitete oder wenn ihre kunstfertigen Finger mit bunter Seide glückbedeutende Sinnbilder in das feine Linnen stickten.

Udschli ihrerseits war Dasa innig zugetan und es wurde ihr warm ums Herz, wenn sie daran dachte, daß sie nun bald die Gattin des Jünglings werden sollte, zu dem sie, soweit sie sich zurückerinnern konnte, immer als zu ihrem künftigen Herrn und Beschützer aufgeblickt hatte. Dennoch drängte sich auch in den Tagen der kurzen Brautschaft das Bild der Mutter zwischen sie und den Bräutigam, dessen lebendige Gegenwart und blühende Jugend sie die unglückliche Abwesende und ihre jammervolle Zerstörung nicht vergessen machen konnte. Es war ein unklares Gemisch von starken

Gefühlen; etwas wie Gewissensbisse über ihre glückliche Jugend, während die Mutter ein so furchtbares Dasein geführt hatte, Selbstvorwürfe, daß sie sie allein ließ, vielleicht auch eine Regung von leise schauderndem Bangen, daß ein so grauenhaftes Geschick möglicherweise auch von ihr noch nicht endgültig abgelenkt war.

Der große Tag der Hochzeit kam. Nach dem Brauche der besseren Familien wurde sie am Abend gefeiert. Sie war ein Fest des ganzen Dorfes, das Udschli bewunderte und liebte. Die Frauen wuschen und kämmten die Braut und zogen ihr das neue Hochzeitskleid an. Sie setzte sich hinter das Herdfeuer, während vor ihr die Gespielinnen den feierlichen Reigen tanzten und Vedische Verse dazu sangen und die eingeladenen Brahmanen am geweihten Feuer die Korn- und Mehlopfer darbrachten und den Göttern Hymnen psalmodierten. Dann erscholl frohes Getöse von außen, die Tür öffnete sich und unter den Klängen lärmender Musik, dem Jauchzen der ihn mit brennenden Fackeln begleitenden Altersgenossen und Freunde und den lauten Begrüßungsrufen der älteren Familienglieder trat der Bräutigam ein, schritt auf die Braut zu und überreichte ihr mit vor freudiger Erregung zitternden Händen das Ehrenkleid und den schön gearbeiteten silbernen Handspiegel. Die Großmutter, die Muhmen und Basen banden ihr mit bunten Fäden, deren Farben sinnbildliche Bedeutung haben, Amulette aus Elfenbein und Korallen, aus Halbedelsteinen und Filigran um die Arme und den Hals, um die Brust und den Leib, in größerer Zahl, unter inbrünstiger gemurmelten Zaubersprüchen, als es sonst wohl geschieht. Dann sangen die Brahmanen lauter und flehender neue Hymnen und verbrannten neue Opfer von Gewürz und Wohlgeruch und Butter und Mehl und endlich erfaßte Dasa Udschlis Hand und sprach bewegt und gedankenvoll die Trauungsformel: »Dies bin ich, das bist du. Das bist du, dies bin ich. Der Himmel ich, die Erde du. Du bist die Rik und ich bin der Saman. So sei denn mir ergeben. Wohlan! Wir wollen uns hier verheiraten. Und Abkömmlinge haben. Es sollen uns viele Söhne werden, die zu hohen Jahren kommen mögen.« Aus allen Winkeln des Raumes erhob sich Hymnengesang, die Musiker bliesen und geigten aus Leibeskräften, die Fackelträger vor der Tür jauchzten, das junge Paar schritt gemessen Hand in Hand um das Feuer, Udschli warf geröstete Körner in die Glut, tat mit dem angetrauten Gatten abgezählte sieben Schritte nach Nordosten und vollzog den Gruß der Dienerin vor dem Herrn. Die Zeremonie war zu Ende, die Gäste setzten sich zum Mahl, Dasa aber führte sein junges Gemahl durch die sternhelle, duftende Nacht nach dem neuen Hause, das seine Sippe ihm am Turfaufer erbaut hatte. Während dieser Weihestunde, die im Leben der Hindufrau einzig ist und einzig bleiben muß, schwebte der Schatten der Mutter fortwährend um die traumhaft in sich verlorene Braut und als Udschli am Arme des sie heiß an sich drückenden Gatten ihrem künftigen Heim zuschritt, da löste sich die bis dahin verhaltene Beklommenheit in lautlose Tränen, die ihr, vom glücktrunkenen Dasa unbemerkt, über die holden Wangen rieselten.

II.

Nach den ersten Tagen des Honigmonds verlangte Udschli nach
Kutsch zu fahren. Dasa hatte einen starken Widerwillen gegen die
Reise und wußte sie mit immer neuen Vorwänden hinauszuschie-
ben, bis der Zustand seiner jungen Gattin ihm das Recht gab, ihr
jede Unklugheit zu verbieten. Er beschwor sie, auch alle Anstrengungen zu machen, um in dieser Zeit möglichst wenig an die sieche
Mutter zu denken, ihr Bild aus ihrer Vorstellung zu verscheuchen,
bei inneren Gesichten der Schönheit zu verweilen. Udschli, ganz im
Banne der ihrer harrenden Mutterpflichten, gehorchte ergeben und
begnügte sich damit, dem Vater auf seine monatliche Fahrt nach
Kutsch einen mit besonders liebevoller Sorgfalt gebackenen Honig-
kuchen für die Mutter mitzugeben.

Das süßeste kleine Mädchen, das man seit Menschengedenken in
Masrapur gesehen hatte, erfüllte die Erwartung der jungen Eltern
und vollendete das Glück des neuen Heims. So schön war das Kind,
so köstlich in seiner rundlichen Fülle, mit dem winzigen Mündchen
und den strahlenden schwarzen Äuglein, den strammen Strampel-
beinchen und den Puppenhändchen, daß der Vater nicht daran
dachte, eine enttäuschte Miene zu machen, und Udschli zärtlich die
lieblose Rede verwies, als sie seufzte: »Warum ist es kein Knäblein!«
Für die Welt nannte man das Kind Tschandni, für die nächsten
Angehörigen aber hieß sie Kali, die Schwarze. Dieser vertraute Na-
me war in kosender Gegensätzlichkeit zu dem der Mutter und zu
ihrer eigenen Schönheit gewählt und er sollte durch seine zärtliche
Geringschätzigkeit auch den bösen Blick und den Neid boshafter
Götter abwenden.

Alle alten und jungen Frauen des Dorfes, denen ihre Kaste das
Recht dazu gab, besuchten nach den zehn Tagen der strengen Ab-
sonderung und nach der Verbrennung des Zebu-Dunges und des
Krautes Darba die glückliche Mutter und verlangten das Kind zu
sehen und wunderten sich über die elfenbeinweiße Atlashaut und
das entzückende Gesichtchen und die Vollkommenheit der Leibes-
bildung. Und als Udschli wieder ausging, sammelten sich die
Nachbarinnen um sie, wenn sie auf der Schattenseite der Straße den
weißen Schleier vom glänzenden Gesichtchen des Säuglings ent-

fernte, damit es Kühlung bekomme und besser atme. »Ein richtiges Aryakind!« »O die kleine Fürstin!« »Keine Lotosblüte ist so schön!« hörte die glücklich lächelnde Mutter um sich murmeln und sie hatte zudringliche Hände sanft abzuwehren, die das Würmchen zu streicheln verlangten.

Alle ihre Gedanken waren jetzt bei ihrem Kinde und nur in der Ermüdung des Abends, im Halbtraum vor dem Entschlummern stieg manchmal auf Augenblicke schattenhaft undeutlich die vermummte Gestalt der Mutter vor ihr auf, um mit dem Erlöschen des Bewußtseins zu verschwinden.

Die Wochen und die Monde schwanden rasch, Tschandni lächelte längst und faßte auch schon lange mit den Händchen nach dem vorgehaltenen Finger der Mutter, seit einiger Zeit zwitscherte sie »Amma!« und »Ah! ah!« und nun war auch schon das erste Zähnchen durch. Es war an einem Tage gegen das Ende der Regenzeit. Udschli saß auf der Schwelle ihres Hauses und nährte Kali. Das Kind zog kräftig und schmatzte von Zeit zu Zeit laut vor Vergnügen und seine schwarzen Äuglein hafteten dabei unverwandt auf den Augen der Mutter, deren Antlitz über den Säugling geneigt war. Diese stumme Zwiesprache zwischen Mutter und Brustkind, diese geheimnisvolle, gegenseitige Anziehung der Blicke hielt Udschlis Aufmerksamkeit so vollständig gefangen, daß sie etwas Sonderbares nicht wahrnahm, was sich in diesem Augenblicke mit ihr zutrug. Auf den Rücken ihrer rechten Hand, die das Kind gegen die Brust hielt, hatte sich eine Hornisse von der großen räuberischen Gattung gesetzt, die bei der kleinsten Regung sofort lossticht. Dasa stand an die Wand gelehnt neben seiner Frau und erfreute sich an dem Anblick der säugenden Mutter mit dem Kinde. Da sah er die auf dem Handrücken hin- und herkriechende, mit den Fühlern und dem Rüssel tastende Hornisse und machte eine leichte Bewegung, um sie zu verscheuchen. Das Tier summte laut, stach mit Wut in die Hand, auf der sie stand, und schwirrte davon. Die Stiche der indischen Hornisse sind sehr schmerzhaft. Gleichwohl zuckte Udschli nicht und schien gar nicht zu bemerken, daß sie gestochen war.

»Hat sie dir nicht weh getan?« fragte Dasa erstaunt.

»Wer?« gab Udschli zurück, wie aus einem Traum auffahrend.

»Die Hornisse.«

»Ich habe nichts gespürt.«

Da wurde Dasa unter seiner Bronzefarbe fahl, er ergriff hastig Udschlis Rechte, betrachtete sie scharf, bemerkte die ein wenig aufgelaufene Stichstelle und ließ sie langsam sinken. Nun besah auch Udschli ihren Handrücken und bemerkte unbefangen: »Sie hat mich wirklich gestochen. Sonderbar. Ich habe es nicht gefühlt.«

Dasa blieb eine kleine Weile lautlos, dann trat er in die Hütte, während Udschli fortfuhr, den Säugling zu pflegen. Nach einiger Zeit kam er mit seinem Stocke heraus. Udschli blickte auf: »Wohin gehst du, mein Dasa?«

»Ich habe etwas zu besorgen,« murmelte er, strich ihr rasch mit der Hand über die schwere Seidenhaarfülle, berührte mit kosenden Fingern das Köpfchen des Kindes und ging.

Sowie er ihr aus den Augen war, beschleunigte er seinen Gang fast bis zum Lauf und war in weniger als einer halben Stunde im Nachbardorf bei einem im ganzen Kreise berühmten Vaëdya, den er mit dem Ordnen getrockneter Pflanzen beschäftigt fand.

»Sei gegrüßt,« sagte Dasa mit keuchender Brust, »du bist mir Vater und Mutter. Ich bin Dasa aus Masrapur, der Gatte Udschlis, der Tochter Ganapats. Du weißt, daß Udschlis Mutter Rani im Siechenhaus von Kutsch ist.«

Der Vaëdya nickte.

»Udschli wurde soeben von einer Hornisse gestochen und sie hat es nicht gefühlt. Was bedeutet das? Bei allen Göttern, sage mir die Wahrheit, Balarama.«

Das Gesicht des weisen Alten war noch ernster geworden als gewöhnlich. »Wo ist deine Frau gestochen worden?«

»Am rechten Handrücken.«

»Ist an der Hand etwas Krankhaftes zu bemerken?«

»Ich habe nichts bemerkt.«

Der Vaëdya stützte das Kinn in die Hand, schloß die Augen und dachte nach. Dasa starrte ihn unverwandt mit flehenden Blicken an. Nach kurzem Schweigen sprach er: »Ich muß es selbst sehen. Ich werde kommen. Erwarte mich morgen früh.«

»Warum nicht heute? Warum nicht gleich?« bat Dasa angstvoll. »Meine Udschli nährt.«

»Wie alt ist das Kind?«

»Sieben Monate.«

»Ein Knäblein?«

»Ein Mädchen. Aber so köstlich,« fügte er hastig hinzu, »so schön, wie du nie eins gesehen hast.«

Der Vaëdya dachte wieder nach. Als er sah, mit welcher schmerzlichen Spannung Dasa seiner Entscheidung harrte, da sprach er: »Laß uns gehen.«

Udschli saß am Bettchen des eingeschlafenen Kindes und sang leise ein schwermütiges Schlummerlied, als die beiden Männer auf der Schwelle erschienen. Sie stand überrascht auf und eilte, sich in das Nebengelaß zurückzuziehen. Dasa hielt sie jedoch mit den Worten zurück: »Bleibe, Geliebte. Du kennst ja unseren Gast, es ist der Vaëdya Balarama, der unsere armselige Hütte mit seinem Besuch ehrt.«

Udschli stand still, verneigte sich leicht und schlug bescheiden die Augen nieder. Der alte Heilkünstler maß mit bewundernden Blicken ihre königliche Gestalt und ihr schönes Antlitz und ein unwillkürlicher Seufzer hob seine Brust.

»Zeige dem Vaëdya deine gestochene Hand,« fuhr Dasa fort, ohne in seiner folternden Ungeduld an schonende Übergänge zu denken.

»So viel Wesen mit einem Wespenstich, den ich gar nicht gefühlt habe!« rief Udschli und zwischen ihren lächelnden Lippen blitzten die kleinen weißen Zähne. Sie streckte aber dem Alten die Rechte entgegen und folgte ihm auf seinen schweigenden Wink zuerst ans Fenster, dann vor die Tür auf die Veranda. Im Freien betrachtete er lange die Hand und verglich sie mit der Linken. Zum erstenmal fiel es Dasa auf, daß die Rechte deutlich weißer war als die Linke.

»Schließe die Augen,« gebot der Vasdya.

Udschli gehorchte.

Er wickelte seinen rechten Zeigefinger in den Saum seines baumwollenen Gewandes und strich ihr über den Handrücken.

»Was fühlst du?«

»Nichts,« erwiderte Udschli und öffnete neugierig die Lider.

»Schließe die Augen!« rief der Alte herrisch, zog eine stählerne Nadel mit Carneolkopf aus seinem Turban und stach sie kräftig in Udschlis Hand. Sie zuckte nicht. Da ließ er sie sinken und sprach: »Meine Tochter, setze dich und zeige mir deine Füße.«

Udschli blickte errötend Dasa an, der ihr zuflüsterte: »Tue es, Geliebte.«

Der Vaëdya kauerte vor ihr nieder und seine knöchernen braunen Finger tippten da und dort auf die edelgeformten hochgewölbten Füße, die Udschli bei der Berührung unwillkürlich unter den Kleiderrand zurückzog.

Der Heilkünstler erhob sich mühselig, von Dasa unterstützt.

»Hast du in der letzten Zeit ziehende Schmerzen im Vorderarm gefühlt?«

Udschli stutzte, besann sich und antwortete stockend: »In der Tat – aber – es war wirklich nicht der Rede wert.«

Der Vaëdyll ging langsam in die Hütte zurück, trat an das Bettchen des süß schlummernden Kindes und sagte: »Kleide das Kleine ganz aus, damit ich es betrachte.«

Da stand Udschli mit einem Satz am Bettrand, faßte ihn rücklings mit beiden Händen, drängte den Vaëdya weg und starrte ihn mit weit aufgerissenen Augen an.

»Warum? warum?« entrang es sich heiser ihrer zugeschnürten Kehle. Ihr Blick wanderte vom verschlossenen Antlitz des Vaëdyas zu dem ihres Gatten, der furchtbar fahl war. Wie ein Blitz schoß es ihr durch den Kopf, in dem jäh eine grauenhafte Helle aufflammte. Ihre Beine zitterten sichtbar. Ihre Sprache wurde tonlos:

»Ist es – habe ich – die Krankheit?«

Der Vaëdya faßte Dasa am Arm und murmelte: »Komm, laß uns draußen sprechen.«

»Nicht draußen, nein, nicht draußen!« kreischte Udschli. »Balarama, du bist mir Vater und Mutter. Sage mir die Wahrheit! Ich muß sie doch wissen!«

Da sammelte sich der Vaëdya, schloß die Augen und nach einer qualvollen Pause sprach er dumpf:

»Die Götter seien euch und uns allen gnädig – Mahâ-Rôg!«

»Râm! Râm!« war das einzige, was Udschli röchelte, dann sank sie leblos zu Boden. Der Alte beugte sich mitleidig über sie und trug sie mit Hilfe Dasas zur Matte in der Stubenecke. Sie schlug alsbald die Augen auf, blickte verwirrt umher, die Erinnerung kam ihr wieder, mit einem Ruck setzte sie sich auf und fragte händeringend und mit bebender Stimme, während ein Tränenstrom hervorbrach: »Balarama, irrst du dich nicht? Es ist doch nichts zu sehen und ich fühle mich doch ganz gesund?«

Der Vaëdya schüttelte den Kopf. »Ach, meine Tochter, ich kann mich leider nicht irren. Du hast zurzeit erst den Khor, aber er wird sich später unabwendbar zum Raktapiti verschlimmern.«

»Und du weißt keine Heilung, du, der so viel weiß?«

»Wohl weiß ich viel, aber den Mahâ-Rôg haben die Götter unserer Kunst entzogen.«

Sie war ganz in sich zusammengesunken und Dasa hatte sich auf die Schwelle gesetzt und weinte bitterlich. Plötzlich schnellte sie wieder empor: »Und mein Kind?«

»Du mußt dich davon trennen.«

Ein wilder, fürchterlicher Schrei entrang sich ihrer Brust, der Notschrei der zu Tode gemarterten Kreatur. Er weckte die kleine Tschandni, die laut zu weinen begann. Udschli war im Nu auf den Beinen und schoß zum Bettchen hin, aber im Augenblicke, wo sie das Kind aufnehmen wollte, sanken ihr die Arme wie kraftlos herab und sie wich langsam zurück. Tschandni hatte die Mutter erblickt, schrie immer heftiger, streckte beide Ärmchen nach ihr aus und ließ klägliche Laute vernehmen, die wie: »Ma – ma – ma – da – dda – dda!« klangen. Udschli kämpfte grausam mit sich, aber der Säugling schrie jämmerlich, die Milch schoß ihr in die Brust, ihr Wille brach zusammen, ehe die beiden Männer ihr nahekommen konnten, hatte sie das Kind von seinem Lager gerafft, zur Matte getragen und angelegt. Es nahm sofort gierig schmatzend die Brust und seine Händchen spielten mit unbewußt liebkosenden Streichelbewegungen an seinem Labequell. Udschli beugte sich auf den Säugling nieder und ihre reichlich quillenden Tränen troffen dem Kinde schwer und häufig aufs Gesichtchen. Es ließ die Brust fahren, seine glänzenden Äuglein blickten erstaunt und mißvergnügt auf und es stieß eine Reihe kleiner, unwilliger Schreie aus. Udschli wischte sich mit dem Handrücken hastig die Tränen ab, trocknete dem Kinde mit dem Kopftuch die Wängelchen und die Stirn und wiegte es sanft, um es zu beruhigen.

Dasa kam langsam an ihre Seite: »Geliebte, du sollst ja nicht.«

Udschli schien nicht zu hören.

»Balarama, sprich du zu ihr. Es schadet ja dem Kinde.«

Udschli warf den Kopf zurück und ihre Augen funkelten. »Hat es meiner Kali sieben Monate nicht geschadet, so wird es ihr auch heute nicht schaden.«

Der Vaëdya schüttelte das Haupt und sagte mit tiefem Mitleid in der Stimme: »Ich weiß nicht, ob es dem Kinde diese sieben Monate nicht geschadet hat, aber ich weiß, daß du es gefährdest, wenn du es weiter stillst.«

»Wie!« zischte sie mit kaum verhaltener Wut, »soll ich mein kleines Kind nach mir schreien lassen? Soll ich mein Fleisch und Blut leiden lassen? Soll ich es vor mir verschmachten sehen? Hast du ein Menschenherz, hast du ein Tigerherz in der alten Brust? Töte uns doch gleich, das Kind und seine Mutter! Das ist das beste.«

Der Heilkünstler blieb stumm und blickte nur den gelähmt dastehenden Dasa ausdrucksvoll an.

Tränen erstickten wieder Udschlis Stimme und während sie mit abgewandtem Kopfe ihr Kleines schaukelte, das im Begriffe war, wieder einzuschlafen, wimmerte sie: »Was soll aus meinem Blümchen werden, wenn ihr es jetzt von mir reißt?«

»Wir werden ohne Zweifel in Masrapur oder in der Umgegend eine gute Frau finden, die dem Kinde Amme sein kann,« suchte der Alte zu trösten.

Sie trug das eingeschlafene Kind zu seinem Lager zurück, bettete es zärtlich und fiel dann mehr, als sie sich setzte, auf ihre Matte. Die Bilder des Siechenhauses von Kutsch, ihrer Mutter und ihrer Führerin, der kauernden und schleichenden Leichname ohne Menschenantlitz und Hände stiegen vor ihr auf und sie preßte verzweifelt die Augenlider zusammen, um sie nicht zu sehen. Aber die inneren Gesichte wichen nicht und in ihre Ohren hallten dumpf die Rassellaute der hölzernen Glocken. Auch sie sollte diese schauerliche Klapper schütteln, auch sie alsbald ein antlitzloser, verstümmelter lebender Leichnam werden. Und nicht nur sie. Auch die süße Lotosblumenknospe, das köstliche Geschöpfchen, das dort so ahnungslos schlief, so schön, so weich, so kleinodartig – ah –

Sie schüttelte schaudernd den Kopf so heftig, daß die Silberkettchen in ihrer schweren schwarzen Haarfülle klirrten, als wollte sie die fürchterlichen Vorstellungen aus dem Gehirn schütteln.

Der Alte und Dasa waren mittlerweile über die Schwelle getreten und flüsterten miteinander.

»Was ist zu tun, mein Gönner? Herr, was ist zu tun?«

»Du mußt die arme Frau in das Krankenhaus schicken.«

»Nie und nimmer.«

»Du weißt, daß deine Leute dir nicht erlauben werden, sie hier zu behalten.«

»Aber so lange sie es nicht wissen.«

Der Vaëdya machte eine vielsagende Kopfbewegung. »Wenn du es nicht länger verheimlichen kannst, dann ist es vielleicht zu spät.«

»Wieso?«

»Ich meine für dich.«

»Dann gehe ich mit ihr. Wo Udschli ist, da will ich auch sein.«

»Und das Kind? Willst du es nicht retten? Soll es werden wie seine Mutter und Großmutter?«

Als hätte sie gehört, was die beiden außer ihrem Hörbereich sprachen, erhob hier Udschli die wehklagende Stimme.

»Vaëdya, Guter, Weiser, willst du meine Tschandni nicht retten?«

Der Angerufene trat wieder in die Hütte: »Ich kann es nicht. Du allein kannst es.«

»Wehe mir! Was muß ich tun?«

»Du mußt dich von dem Kinde trennen.«

»Wehe mir! Wehe mir! Aber wir sind ja so lange beisammen gewesen! Tag und Nacht! Bist du denn sicher, daß ich sie nicht schon angesteckt habe?«

Der Vaëdya blieb stumm.

Udschli schleifte sich auf den Knien zu ihm und wiederholte händeringend: »Vaëdya, du bist mir Vater und Mutter. Sage mir die Wahrheit. Bist du sicher, daß ich sie nicht schon angesteckt habe?«

»Was ist sicher?« murmelte er ausweichend. »Alles ist Sinnentrug. Alles ist Schein. Wir leben in der Welt des Scheins.«

Udschli sprang auf. »Ich will wissen,« rief sie, »ob ich meine Kali rette, wenn ich sie verlasse.«

Der Alte vermied ihren Blick. »Ich glaube es. Ich hoffe es.«

»Aber du weißt es nicht?«

Er schwieg.

»Du weißt es nicht. Nun denn: höre mich, Balarama, höre mich, Dasa, wenn ich nicht sicher bin, daß mein Kind heil ist, so will ich sie lieber mit eigener Hand erwürgen. Besser einen Tod sterben als tausend Tode wie ihre arme Mutter und wie die meine.«

Sie bedeckte ihr Antlitz mit dem Kopftuch und schluchzte dahinter herzbrechend.

Der Vaëdya griff nach seinem Stock, der am Türpfosten lehnte, und sagte halblaut zu Dasa: »Sorge für eine Amme, mein Freund.«

»Wer wird meiner Tschandni die Brust reichen wollen, wenn man im Dorf erfährt, daß ihre Mutter ins Siechenhaus gebracht wurde?« jammerte Udschli, ihr Gesicht enthüllend. Da sie auf diesen Einwand keine Antwort erhielt, sagte sie entschlossen: »Dasa, schicke mich weg, wenn du mußt und wenn der Vaëdya es befiehlt. Aber merke wohl auf: von jetzt an bin ich tot. Ich will nicht leben wie meine arme Mutter. Ich will nicht so lange sterben wie meine arme Mutter. Ich will es kurz machen.«

»Du willst dich töten?« fragte Dasa bang.

»Das will ich,« erwiderte Udschli fest.

»Dann tust du es nicht allein,« sprach Dasa und blickte sie tief an.

Udschli faltete die Hände: »Aber Kali? Unsere Kali?«

»Die Blüte mit dem Baum. Das Kind mit den Eltern,« gab Dasa mit düsterer Ruhe zurück.

Es klang solcher Ernst aus seiner Stimme, daß der Alte sich bewogen sah, in strengem Tone zu sagen: »Man darf kein Leben zerstören, um Leid von sich abzuwenden. Solchen Frevel müßtet ihr in siebenmal siebenhundert noch qualvolleren Wiederverkörperungen büßen. Wenn du am Leben nicht hängst, meine Tochter, dann gibt es ein Mittel, das Verhängnis von deinem Kinde abzuwenden.«

Ein langer Schrei entfuhr der Brust Udschlis. »Ah! es gibt ein Mittel! Und du hast es mir nicht gleich gesagt!«

»Es ist ein grausames Mittel.«

»Ist es sicher?«

»Ganz sicher.«

»Dann sprich! Sprich! Was ist es? Soll ich mir meine Hand abhacken? Soll ich mich den Gavialen zum Fraße hingeben? Soll ich mich Krischna Dschagannath opfern?«

Das Gesicht des Vaëdya nahm einen fremden, durchgeistigten Ausdruck an, seine Stimme bebte und seine Rede fiel in den eigentümlich singenden Ton, worin man vedische Hymnen und Mahâbhârata-Slokas zu rezitieren pflegt: »Leben kauft Leben. Der Tod löst vom Tode. Fährst du lebend zur Grube, mit Liebe im Blick und lächelndem Munde, so bist du gereinigt und rein ist dein Kind. Du bist dann den Arya gleich, selbst eine Arya, Mutter einer glänzenden Arya, und der Mahâ-Rôg ist überwunden, ist abgespült vom silbernen Leibe deines Kindes.«

Udschli war dem Alten zu Füßen gesunken und hatte mit weit-
geöffneten Augen zugehört. »Balarama, verstehe ich dich recht?
Mein freudiger Tod für das Kind ist seine Rettung?«

»Das ist er, meine Tochter.«

»Wie soll es geschehen? Wo? Wann? Fürchte nicht, mich zu betrüben. Deine Worte sind klare Butter und Honig.«

»Bei Neumond muß deine Sippe dir an drei Wegen an einer Stelle, die nie der Pflug geritzt hat, ein Grab schaufeln und darin mußt
du dich betten. Und dein Mann muß dich mit der Erde bedecken.«

Dasa stöhnte dumpf. Udschli wandte sich mit weichen Schmei-
cheltönen zu ihm. »Geliebter, was ist da so Großes? Ist es nicht besser so? Wenn ich schon lebendig begraben sein soll, dann lieber
gleich in der Erde, umgeben von den Meinen, als im Siechenhause
inmitten des fremden Elends.«

Ihre Stimme verriet keine Aufregung mehr und keinen Schmerz.
Der Gedanke des nützlichen Opfers schien ihr Frieden und einen
Anflug innerer Freudigkeit zu geben.

»Darf ich dann aber meine Tschandni weiter nähren bis zur Ent-
wöhnung?«

»Das darfst du.«

Udschli stieß einen Jubelschrei aus und sprang auf. »Dasa! Dasa!«
war alles, was sie hervorbringen konnte. Ihre Augen leuchteten und
ihre Wangen flammten.

»Ja,« fügte der Alte rasch hinzu, »aber du darfst sie nicht so lange
nähren wie eine Radschatochter. Nur noch drei Monate, bis sie zehn
Monate alt ist.«

»Kann sie mich denn aber dann wirklich entbehren?«

»Sie steht im besondern Schutz von Sabhadra und allen Göttern.«

Udschli warf auf den in sich versunkenen Dasa einen Blick und
fragte etwas zögernd: »Und – den anderen um mich – schade ich
ihnen nicht?«

Der Vaëdya dachte nach. »Darüber,« sprach er nach einer Pause,
»steht in den Büchern nichts. Doch wirst du durch deinen Entschluß

zur heiligen Büßerin und die Heiligen verbreiten Segen um sich, keinen Fluch.«

Die Nacht war inzwischen völlig hereingebrochen. Der Alte griff wieder zu seinem Stock und wandte sich zum Gehen.

Dasa raffte sich aus seinem wortlosen Brüten auf. »Mein Herr! Mein Gönner!« sagte er, »es ist zu spät geworden, um heimzukehren. Willst du nicht für die Nacht mit der armen Hütte deines Dieners vorlieb nehmen?«

»Nein,« erwiderte der Vaëdya etwas hastig, »nein, mein Sohn, ich gehe zu einem Freunde, den ich im Orte ganz nahebei habe. Der wird mich schon beherbergen.«

Er schritt rasch mit aufstoßendem Stock den Pfad hinab und verschwand bald an der Wegeskrümmung. In die Dunkelheit tönte ihm aus der Hütte ein Schlummerlied nach, das Udschli ihrem Püppchen sang, ein Stegreiflied von einer weißen Arya, einer Radschatochter mit silbernem Leib.

Am nächsten Morgen sah Dasa aus, als wäre er in der einen Nacht um zwanzig Jahre gealtert. Udschli dagegen zeigte helle Augen und eine unbewölkte Stirn. Sie hatte gegen ihre Gewohnheit ihr kleines Mädchen auf ihr Lager genommen und die ganze Nacht in ihren Armen schlafen lassen.

»Geliebter,« sagte sie sanft, nachdem sie das Frühmahl bereitet hatte, »ich will heute nach Kutsch fahren.«

Dasa blickte sie bestürzt an. »Nicht doch, Udschli. Wozu denn? Weshalb dir Kummer holen?«

»Es macht mir keinen Kummer. Nichts macht mir mehr Kummer, außer daß ich euch verlassen werde. Nichts anderes.«

»Du bist fast anderthalb Jahre nicht in Kutsch gewesen.«

»Gerade deshalb. Ich will meine arme Mutter noch einmal sehen.«

Da Dasa sich nicht gleich rührte, bat sie eindringlich: »Dasa, Geliebter, hole die Ochsen aus dem Stall. Ich habe recht. Und du darfst mir ja auch nichts mehr abschlagen.«

Bei dieser Anspielung zuckte es über Dasas Gesicht, er ließ den Kopf hängen und ging.

Udschli machte ein Körbchen mit den Gaben der Jahreszeit zurecht und hüllte ihr Kind, das sie aus dem Bettchen nahm, in weiche, bunte Tücher. Als Dasa wiederkam, berieten sie sich noch kurz darüber, ob Udschli ihrem Vater etwas sagen sollte. Sie kamen überein, daß dies besser unterblieb.

In der frischen Luft, vom Dache des zweirädrigen Karrens vor dem Regen geschützt, schlief das Kind mit geschlossenen Fäustchen und erwachte nur einmal während der Fahrt, um die Brust zu nehmen. Ans Ziel gelangt, bedeutete Udschli ihrem Manne, wo er zu halten habe, drückte das schlummernde Kleine fest an sich, hielt es eine Weile gegen ihre Brust gepreßt und legte es dann sanft ihrem Gatten in die Arme.

»Halte sie, bis ich wieder komme, Geliebter. Und wenn sie erwachen will, so wiege sie ein wenig, aber nicht stark, und sage nur nichts.«

»Bleibe nicht lange, Geliebte,« bat Dasa.

»Sei ruhig,« erwiderte Udschli mit einem langen Blick auf das Kind. »Nur so lang, wie Kali es zuläßt.«

Sie stieg ohne Hilfe ab und entfernte sich mit ihrem Körbchen.

Wegen des Regens waren keine Kranken am Straßenrand und am Ufer des Teiches, worin das Wasser hoch stand. Ohne Begegnung gelangte sie an das Türgatter des Hauses, stieß es mit ruhiger Entschlossenheit auf und trat ein. Ihren raschen Schritt bannte ein Schrei, der sie aus einem Gelaß neben dem gedeckten Flur anrief. Zugleich stürzte aus der sich auf den Flur öffnenden Tür ein Mann hervor. »Zurück! Zurück! Man tritt hier nicht ein!« Der dies sagte, war ein anderer als der Türhüter, den Udschli bei ihrem vorigen Besuche gesehen hatte. Er war noch jung und schien auf den ersten Blick gesund. Nur aufmerksamere Betrachtung ließ auf Stirn und Wangen helle, fast weiße, höckerig erhöhte Flecken an der dunkeln Haut wahrnehmen.

»Ich gehe zu meiner Mutter Rani, der Gattin des Ganapat aus Masrapur.«

»Du darfst nicht, Herrin. Kein Gesunder darf hier eintreten.«

»Ich bin nicht gesund,« erwiderte Udschli ruhig.

Der Torwart starrte sie einen Augenblick an, verschränkte seine Arme vor der Brust und neigte schweigend sein beturbantes Haupt.

»Willst du mir sagen, wo ich meine Mutter finde?«

Der Torwart trat über seine Schwelle, faßte ein mit dem Rücken gegen die Wand am Boden hockendes, anscheinend noch rüstiges Weib an der Schulter und gab ihr halblaute Anweisungen. Die Kranke erhob sich ohne Mühe und winkte Udschli, ihr zu folgen.

Der Weg führte unter Bogengängen, die einen weiten offenen Hof einrahmten, zu einer niedrigen, ziemlich großen Stube, die ihr Licht bloß durch die geöffnete Tür empfing. Bis dahin hatte Udschli nicht rechts noch links geblickt und sich nur triebhaft in acht genommen, die Bewohner des Heims nicht zu streifen, die einzeln, paarweis oder in größern Gruppen unter den Lauben hockten oder lagerten, die Vorgeschritteneren unbeweglich und lautlos, die leichter Erkrankten miteinander plaudernd oder in Brett- und Knöchelspiele vertieft.

Am Eingang der Stube hielt Udschli unwillkürlich still. Ihre Führerin wies mit einer Hand, an der, wie Udschli erst jetzt bemerkte, einige Fingerglieder fehlten, in eine dunkle Ecke und sagte: »Dort ist die Rani, die du suchst. Schenke mir etwas, Herrin, ich bin arm und verlassen.«

Udschli holte aus einem Beutelchen in ihrem Busen eine kleine Münze heraus und reichte sie der Kranken, die sich, einen Dankspruch murmelnd, entfernte.

Aus der Stube schlug Udschli ein fast unerträglicher Geruch entgegen, der sie zaudern ließ. Sie überwand jedoch tapfer ihre inneren Widerstände und trat in das Halbdunkel, woran ihr Auge sich allmählich gewöhnte. Die Wände entlang erhoben sich einige gemauerte Lagerstätten ein wenig über den gestampften Lehmboden, dessen Schmutz Udschli entsetzte. Einige der Lager waren leer, auf anderen saßen und lagen vermummte Gestalten. Auf die eine, die ihr bezeichnet worden war, ging Udschli langsam zu, blieb an ihrer Seite stehen und betrachtete sie lange.

Die Gestalt lag ausgestreckt auf dem Teppich, der die kahlen Mauersteine des Lagers bedeckte. Sie war in reinliche Stoffe gehüllt. Vom Kopfe, der auf eine kleine Schlummerrolle gestützt war, sah man unter dichten Binden nichts als Mund und Kinn. Am Boden standen neben dem Kopfende einige Näpfe, Schüsselchen und ein flachgedrücktes, vierbeiniges tönernes Wassergefäß. Es regte sich nichts an der Liegenden. Sie konnte eben so gut eine Leiche wie ein lebendes Wesen sein. War das denn auch ihre Mutter, die Udschli da vor sich hatte? Einen Anhaltspunkt, sie zu erkennen, gab es nicht.

Sie kauerte neben dem Lager nieder und berührte sanft die Schulter der Kranken. Diese rührte sich nicht. Sie rüttelte sie ein wenig und fragte mit bebender Stimme: »Bist du auch Rani, die Gattin Ganapats?« Sie erhielt keine Antwort. Eine alte Frau, zwei Lagerstätten weiter, rief ihr mit heiserer Stimme zu: »Sprich lauter, wenn sie dich hören soll, mein Blümchen.«[1]

Udschli wiederholte ihre Frage so laut, wie es ihre Bewegtheit zuließ. Da rollte die Kranke langsam ihren verhüllten Kopf seitwärts, ihr Unterkiefer begann zu beben und ein fast unhörbar schwacher röchelnder Laut summte: »Rani. Ich bin Rani. Wer ruft mich an?«

In demselben Augenblick hatte Udschli sich der ganzen Länge nach auf das schmale harte Lager geworfen, das arme Menschengetrümmer in ihre Arme genommen und an sich gezogen und ihr, am ganzen Leibe bebend, ins Ohr gerufen: »Dein Kind, deine Udschli.«

Zuerst blieb die Kranke völlig unbeweglich, wie gelähmt. Dann begann sie schwache Anstrengungen zu machen, um sich den Armen ihrer Tochter zu entwinden, ihr Unterkiefer zitterte heftig und sie zischte: »Rühre mich nicht an! Du darfst nicht!«

»Ich darf, Mutter, ich darf alles,« gab Udschli zurück und ihre Arme schlangen sich fester um die Kranke, deren Kraftlosigkeit keinen weitern Widerstand gestattete. Sie überließ sich mit einer Wonne, die das Zittern ihres Unterkiefers und das Zucken ihrer weißen Lippen verrieten, der unbekannten Empfindung des Gehätscheltwerdens und suchte mit ihren jämmerlichen Armstummeln in schwachen, unsicheren Streichelbewegungen Udschlis Körper zu betasten. So ruhten Mutter und Tochter Brust an Brust und wurden nach lebelanger Trennung wieder eins.

»Warum bist du gekommen, Kind? Mein Ganapat ist doch nicht gestorben?« hörte Udschli endlich ganz nahe an ihrem Ohr.

»Nein, Mutter,« erwiderte sie schnell. »Mein Vater ist wohl und alles ist wohl. Ich habe ein Kind bekommen, ein kleines Mädchen. Wir haben es für uns Kali genannt und Tschandni für die anderen.«

»Ist es heil?« kam die ängstliche Frage aus der tonlosen Kehle.

»Ganz heil, Mutter, und schön wie der Vollmond. Ein Aryakind. Eine Radschatochter.«

Die Halbtote blieb nun ganz ruhig und sagte nichts mehr. Ihre Unbeweglichkeit und Stille ängstigten nach einiger Zeit Udschli und sie erhob sich vom Lager.

»Mutter, ich habe dir Gi und Früchte gebracht.«

Die Alte blieb still.

Udschli rüttelte sie sanft, doch ohne Erfolg.

»Mutter, Mutter, ich muß jetzt gehen.«

Keine Antwort, keine Regung.

Die Nachbarin krächzte: »Sie wird ohnmächtig geworden sein. Flöße ihr etwas Wasser ein.«

Udschli nahm den flachen Tonkrug auf, näherte seinen Hals den entfärbten Lippen der Mutter und fragte angstvoll: »Wer pflegt denn meine Mutter, wenn sie etwas braucht?«

»Wir alle pflegen sie, die wir uns noch rühren können. Ihr Mann bringt uns allerlei mit. Sie ist eine der glücklichsten unter uns.«

Das vorsichtig eingeträufelte Wasser rief eine Schlingbewegung und ein kaum hörbares Ächzen hervor.

Udschli schoß der Gedanke durch den Kopf, sie solle den Verband der Mutter erneuern und bei dieser Gelegenheit ihr Antlitz sehen. Sie gab ihm jedoch nicht nach, wie sie glaubte, weil sie ihre Ungeschicklichkeit fürchtete, auch keinen frischen Leinewandstreifen bei der Hand hatte; in Wirklichkeit, weil sie unbewußt vor dem Anblick zurückschrak, der entsetzlich sein mußte.

Sie näherte sich der Nachbarin, die ihr entgegen krächzte: »Bist du die Tochter der Rani?«

»Ja.«

»Fürchtest du dich nicht, in dieses Haus der Qual zu kommen und deine Mutter zu berühren?«

»Nein.«

»Du hast wohl ein kräftiges Amulett?«

»Das kräftigste,« erwiderte Udschli und ein geheimnisvoll wehmütiges Lächeln huschte über ihr Gesicht.

»Die Götter können wirklich nicht zugeben, daß der Mahâ-Rôg solche Schönheit zerstöre. Du zierst ihre Schöpfung, mein Blümchen.«

»Sei gütig gegen meine Mutter,« erwiderte Udschli bloß und reichte ihr einige Kupfermünzen.

»An uns soll es nicht fehlen,« rief die Kranke erfreut und verbarg das Geld unter ihren zerlumpten Gewändern. Leiser fügte sie hinzu: »Sie wird uns nicht lange mehr brauchen. Sie steht nicht mehr auf. Sie ißt nicht mehr. Nimm Abschied von ihr, sie wird wohl bald erlöst sein.«

Udschli kehrte zu ihrer Mutter zurück und versank in ihre Betrachtung. Plötzlich nahm sie sie, einem unwiderstehlichen Drange gehorchend, vom Lager auf und drückte sie zärtlich an ihre Brust. Die Todkranke wog nicht viel schwerer als ihr Säugling und ihre Arme wiegten sie in der gewohnten Schaukelbewegung. Die Mutter ließ sonderbare, ganz schwache Laute vernehmen, die Udschli auf den Gedanken brachten, daß sie unter ihren Binden weinte. Sie bettete sie wieder behutsam, brachte ihr Antlitz ihrem verhüllten Kopfe ganz nahe, zog einigemale die Luft durch die Nase ein – das Küssen kennt der Hindu nicht – und verließ die halbdunkle Stube.

Als sie unter den Lauben nach dem Ausgange hinschritt, regte sie die stumpfen Kranken zu keinem Blick an. Nur wenige jüngere Insassen des Heims hatten noch Neugierde genug, den Kopf nach ihr zu wenden. Sie aber sah jetzt mit klarem Auge das ganze Grauen der Verstümmelungen, Entstellungen und Zerstörungen und sie schauderte.

»Wie lange du geblieben bist!« sagte Dasa vorwurfsvoll, als sie im Karren ihren Platz neben ihm einnahm.

»Ist Püppchen wach geworden?« fragte Udschli, während sie ihm das Kind aus den Armen nahm.

»Sie hat sich nicht gerührt. Geliebte, es war kein guter Gedanke, hierherzukommen.« Er hatte sich, vielleicht ohne es selbst zu merken, ein wenig von ihr weg ganz an den Wagenkorb gerückt.

»Es war ein guter Gedanke, Geliebter.« Nach einer Pause fügte sie, mehr zu sich, als zu ihrem Manne sprechend, hinzu: »Es hat mich ruhiger und fröhlicher gemacht.«

Ob wirklich auch fröhlicher? Sie blieb auf der Heimfahrt wortlos. Der stärker gewordene Regen klatschte laut auf die Wagendecke. Ihre Tränen tropften leise auf das verschleierte Kind in ihren Armen.

Etwa drei Wochen später kam Ganapat nach der Rückkehr von der monatlichen Fahrt nach Kutsch zu Dasas Hütte und berichtete ohne sonderliche Betrübnis, Rani sei tot und begraben. Sie war es für ihn ja längst gewesen und was er an Trennungsschmerz hatte empfinden können, das hatte er längst empfunden. Auch Udschli bereitete die Nachricht keinen eigentlichen Kummer. Es war ihr im Gegenteil, als löste sich ihr ein immer anwesender, immer beklemmender, wenn auch nicht immer bewußt wahrgenommener Druck vom Herzen und als atmete sie leichter. Das Bild der erlösten Mutter im Grabe war ihr unvergleichlich weniger grauenhaft als das der verlassenen, antlitzlosen Siechen im Krankenhause. Sie pries sich selbst wegen ihres Entschlusses glücklich, ein solches Dasein, ein solches Ende von sich und besonders von ihrem Püppchen abzuwenden.

Das Kind gedieh wunderbar. Sein rundes Gesichtchen war schön wie der leuchtende Tag und aus seinen groß geöffneten Augen lachte die ganze Herrlichkeit des Lebens. Mit acht Monaten richtete es sich ganz allein auf den strammen Beinchen auf und setzte unter jauchzenden kleinen Schreien ein Füßchen vor das andere. Mit neun Monaten griff es sich an den Wänden entlang und plumpste nur hin, wenn die Händchen die Stütze losließen. Es verstand alles, was man ihm sagte, rief seine Mutter: »Am! Am!«, begrüßte die aufgetragenen Speisen mit einem freudigen »Hö! Hö!«, lachte laut, wenn die Mutter es hinter dem Öhrchen kraute, und hob die Händchen hoch, wenn man es fragte: »Wie groß ist Kali?«

Udschli trennte sich von dem Kinde keinen Augenblick bei Tag und Nacht. Sie pflegte es, sie nährte es, sie belustigte es, sie trug es, sie hielt es während seiner drei Tagschläfchen unbeweglich in den Armen und sie fühlte es in der Nacht gegen ihre Brust. Die ganze Dorfschaft bewunderte Udschli. Sie hatte nie eine derartige mütterliche Hingebung gesehen. Und je mehr die junge Mutter sich selbst und alles ringsum vergaß, um so schöner wurde sie, um so prächtiger erblühte sie selbst, so daß ihre Schönheit im Orte sprichwörtlich wurde. Als bei einem Aschtunfeste in einer Frauengruppe wieder von Udschlis Schönheit gesprochen wurde und die schwarze Tschamardirne,[3] die einzige Feindin, die sie hatte, grinsend auszurufen wagte: »Ja, ja! Und all das ist doch nur für den Mahâ-Rôg,« da erregte diese Lästerung solchen Unwillen, daß die Weiber über sie herfielen und sie blutig züchtigten. Alles pries Dasa glücklich und man wußte es sich nicht zu erklären, daß er sich scheu von allem Verkehr zurückzog, verfallen aussah und wie von Zentnerlasten gedrückt einherschlich. Man kam auf die Vermutung, daß er an einer zehrenden Krankheit litt, und wurde darin durch die Wahrnehmung bestärkt, daß der berühmte Vaëdya aus dem Nachbarort von Zeit zu Zeit herüberkam und die Schritte nach Dasas Hütte lenkte.

Er kam oft, der alte Balarama, doch immer nur bis an die Schwelle. Er sprach in die Hütte hinein, ohne einzutreten. Udschli erbebte, so oft sie ihn erblickte, denn sie fürchtete immer aus seinem Munde das Schicksalswort zu vernehmen: »Es ist Zeit.« Er begnügte sich aber damit, sich ihre Hand zeigen zu lassen, das Kind zu betrachten und dessen Schönheit anzustaunen. Nach zwei Monaten bemerkte er, daß das Kind schon sechs Zähnchen hatte, und er empfahl, es an Reis zu gewöhnen. Es war ein stechender Schmerz für Udschli, nicht mehr die einzige Lebensquelle ihres Püppchens zu sein, und als sie ihm den ersten Löffel gekochten Reises zum Mündchen führte, da schien ihr, als beginne die Entfremdung und Trennung zwischen ihnen. Sie gehorchte aber ohne Murren den Anordnungen des Heilkünstlers.

---

[3] Tschamar, eine der niedrigsten Kasten, hauptsächlich im Pendschab verbreitet, doch auch im Osten vertreten.

Das Kind gewöhnte sich rasch an die neue Nahrung und blühte wunderbarer denn je. Und als wieder ein Monat verstrichen war und der Vaëdya wieder kam und sich wie gewöhnlich von Udschli die Hand zeigen ließ, da verweilte sein Blick länger als sonst auf dem schmalen, langen Handrücken, sein in den Saum des Gewandes gehüllter Finger fuhr langsam einigemal darüber und fühlte deutliche Verhärtungen, die auch schon dem Auge als Knötchen wahrnehmbar wurden, und er sprach mit feierlicher Stimme: »Meine Kinder, bereitet euch für den nächsten Neumond.«

Udschli konnte einen bangen Schmerzenslaut nicht unterdrücken und Dasa verhüllte sein Gesicht in beide Hände. Die junge Frau faßte sich indes rasch und fragte nur leise: »Herr, Gebieter, muß es so bald sein?«

Er nickte und sagte mit tiefer Stimme: »Es muß.«

»Sei gütig! Sei gnädig! Denk an meine Tschandni! Kann sie denn die Mutter schon ohne Schaden entbehren?«

»Sie hat sechs Zähnchen, sie ißt Reis, sie läuft. Du kannst an ihr schon leibhaftig die Wirkung deines heiligen Entschlusses sehen.«

Da wischte Udschli sich ergeben die Tränen, die unaufhaltsam hervorgequollen waren, aus den Augen, faßte Dasa am Arm und sprach weich: »Geliebter, sei nicht betrübt. Denke an das Grauen des Krankenhauses. Freue dich über die Schönheit unseres königlichen Kindes.«

Statt aller Antwort sank Dasa vor seiner jungen Gattin auf den Boden, ergriff den Saum ihres Kleides und murmelte schluchzend die Formel der Anbetung.

Udschli hatte sich völlig überwunden und fragte den Vaëdya nach den Einzelheiten. Dieser bestand darauf, sie nur mit Dasa zu besprechen.

Die Sache sollte nicht länger geheim gehalten werden. Sie konnte es auch nicht. Denn da sich in der Dorfflur kein dreigeteilter Pfad mit anliegendem Ödland vorfand, so mußte er im Ried erst angelegt werden und das konnte nicht unbemerkt geschehen. Überdies waren bei der heiligen Handlung die Gebete und Opfer der Brahmanen und die Teilnahme der Kaste unentbehrlich. Man mußte nur verhüten, daß dies Vorhaben außerhalb des Ortes ruchbar wurde und etwa dem englischen Residenten in Kutsch zu Ohren kam, da der »Political«[4] es sonst würde verhindern wollen.

Auf Dasas Bitte unterzog der Vaëdya sich der Aufgabe, den Brahmanen des Ortes und dem Vater Udschlis die erforderlichen Mitteilungen zu machen. Die sorgten dann dafür, daß die ganze Dorfschaft in den folgenden zwei Tagen erfuhr, was bevorstand. Das erste, was der Dorfälteste im Einverständnis mit seinen Beigeordneten tat, war, sich der dunkeln Tschamardirne und ihrer Mutter zu versichern und sie in Gewahrsam zu halten, bis das Opfer vollzogen sein würde. Denn nur von ihnen konnte man sich eines Verrats versehen. Die ganze übrige Dorfschaft, in der es keinen einzigen Mohammedaner gab, war zuverlässig. Das nächste war, daß alle arbeitsfähigen Männer und selbst halbwüchsige Jungen die drei Pfade durch das Ried bis zur Straße herstellten, die der Vaëdya für nötig erklärte. Eine tiefe Erregung herrschte im Orte, wo von nichts anderem gesprochen wurde. Die Brahmanen erklärten Udschlis Handlung für noch verdienstlicher als ein Sati. Sie besuchten täglich Dasas Hütte, verrichteten umständliche Bräuche davor und darin, und sagten Udschli, sie sei nunmehr eine Heilige, ja eine zur Göttin beförderte Sterbliche, eine Karmadêvata. Wenn sie sich in der Dorfstraße zeigte, knieten die Nachbaren nieder und streckten beide Hände mit aufwärts gekehrter Fläche nach ihr hin. Das war ihrer Demut so peinlich, daß sie ihre Dorfgänge aufgab und nur noch im Weizenfelde hinter ihrer Hütte ihren Säugling die Morgen- und Abendkühle genießen ließ. Sie konnte aber nicht verhindern, daß die Dorfbewohner täglich Blumen, Früchte und Reiskörbchen vor ihre Schwelle legten. Nicht ihr allein, auch Dasa und ihrer Sippe wurden große Ehren erwiesen und ihre ganze Kaste erfuhr eine hohe Rangsteigerung in der Schätzung der Dorfgenossen.

Die Opfernacht war endlich da. Bei Sonnenuntergang erschienen die Frauen ihrer Familie in der Hütte, wuschen Udschli und kleideten sie in neue weiße Gewänder, während die Brahmanen mit dem ganz vernichteten Dasa draußen standen und ihm ernst zuredeten,

---

[4] Political, Abkürzung für »political resident«, ist die Bezeichnung des Beamten, der an den Höfen der indischen Vasallenfürsten die englische Regierung vertritt.

sich durch Fassung seiner selig zu preisenden Gattin würdig zu machen.

Das junge Weib, sehr bleich, doch ruhig und wunderbar schön, ließ alles mit sich geschehen, ohne den Blick von ihrem Kinde im Bettchen abzuwenden. Als sie angezogen, parfümiert und mit Kleinodien und Blumen geschmückt war, meldete ihre Großmutter der Versammlung vor der Tür, daß alles bereit sei.

Der Vaëdya trat ein, näherte sich Udschli mit einer Metallphiole und sprach: »Trinke dies, Herrin.«

Mißtrauisch blickte sie ihn an: »Was ist es?«

Er zögerte einen Augenblick, dann sagte er: »Es ist ein wohltätiger Schlaftrunk, Herrin.«

Sie wehrte mit einer sanften Handbewegung ab. »Ich will wach bleiben. Zum Schlafen finde ich dort unten Zeit genug. Ich will meine Tschandni sehen, so lange ich kann.«

Der Vaëdya kreuzte die Arme vor der Brust, verneigte sich schweigend, steckte die Phiole in den Gürtel und sagte: »So wollen wir denn aufbrechen.«

»Nur noch einen Augenblick,« bat Udschli, nahm das Kind vom Lager, setzte sich auf die Matte und legte es an die Brust. Der Säugling erwachte nur halb, trank aber herzhaft.

»Sie schmeckt zum letztenmal die Milch ihrer Mutter,« flüsterte Udschli den Frauen zu, die sie umstanden. Alle vergossen heiße Tränen, so daß Udschli bat: »Weint nicht, seht, ich bin fröhlich.«

Als das Kind die Brust hatte fahren lassen und wieder eingeschlafen war, kämpfte Udschli ein wenig mit sich selbst, wand aber schließlich den Säugling in eine Decke und sagte: »Laßt mir sie noch; bis zuletzt; ich werde sie nicht wecken.«

Von den Frauen geführt trat sie vor die Tür. Da stand ein Palki, das die Brahmanen sich verschafft und die Nachbaren mit Decken und Kissen ausgestattet und mit Blumen geschmückt hatten. Udschli wurde mit dem Kinde, das sie nicht aus den Armen ließ, hineingehoben und der Zug setzte sich in Bewegung.

Die Männer des Ortes drängten sich dazu, das Palki zu tragen. Sie mußten häufig wechseln, damit möglichst jeder seinen Anteil an der verdienstlichen Handlung habe. Zur Rechten schritt Dasa, von einem Brahmanen gestützt, zur Linken der Vaëdya; Brahmanen folgten, Fackelträger umgaben den Zug, die Frauen gingen hinterher.

Unterwegs flüsterten die Brahmanen in »upamçu« oder lautloser Andacht unablässig leise Gebete.

Nach wenigen Schritten sprach Udschli mehr zu sich als zu Dasa: »Wehe mir! Sie wird ihre Mutter nie gekannt haben. Nicht den Schatten einer Erinnerung an mich wird sie bewahren.«

Dann nach einer Pause: »Dasa, mein Geliebter, sage ihr, wenn sie groß ist, wie sehr ich sie geliebt habe; o, wie sehr! Mehr als alles in der Welt.«

Dasa schluchzte laut.

»Aber sage ihr nicht,« fügte sie hinzu, »daß ich für sie gestorben bin.«

Die Brahmanen beteten leise, Dasa weinte, in der stillen Nacht war das Zirpen der Grillen hörbar.

Nach einer Weile ließ Udschli sich wieder vernehmen: »Ach, daß ich sie niemals werde sprechen hören!«

Die Vorstellung überwältigte sie und sie brach in Tränen aus. Der Vaëdya faltete bittend die Hände zu ihr, aber sie bemerkte es nicht.

»Wer wird dir die Brautkleider anziehen, mein Schätzchen, mein Püppchen?« sagte sie leise zum schlafenden Kinde und beugte sich zu seinem Köpfchen hinab, um dessen Duft einzuatmen.

Der Zug war im Ried, das im Nachtwind rauschte. Der Tursafluß plätscherte dumpf gegen seine flachen Ufer. Eine ganz schmale Mondsichel hob das eherne Dunkel des sternbesäten Himmels hervor. Die flackernden Fackeln zogen den Feuerkreis enger. Die Träger des Palki hielten und setzten es behutsam nieder.

»Ist es hier?« fragte Udschli bang.

Der Vaëdya nickte. Die Frauen traten heran, um sie herauszuheben.

»Laßt mich!« schrie sie auf und drückte das Kind an sich. Es bewegte sich unruhig im Schlafe.

»Du wirst es wecken, Herrin,« mahnte der Vaëdya ernst.

Udschli wiegte es mit einigen Schaukelbewegungen, dann hielt sie inne, schloß die Augen und ließ sich von den Frauen das wieder gleichmäßig atmende Kind aus den Armen nehmen, die wie gelähmt herabsanken. Die Schwäche dauerte nur einen Augenblick. Sie schüttelte sich, richtete sich auf und stand wieder fest.

»Dasa,« sagte sie, als auf die Weisung des Brahmanen ihr Gatte sie an der Hand faßte, um ihr Führer auf dem letzten Gange zu sein, »gib Kali keine Stiefmutter.«

»O Herrin, wie kannst du glauben!« schluchzte er.

Sie tat einen Schritt, dann wandte sie sich plötzlich um. Die Frauen waren mit dem Kinde zurückgetreten und hielten es außer dem Kreise der Fackelträger.

»Das Kind!« rief sie heftig,, »bringt mir das Kind her! Ich will es sehen! Ich will es nicht aus den Augen verlieren!«

Auf einen Wink der Brahmanen gehorchten die Frauen. Den Blick starr auf den schlafenden Säugling geheftet tat Udschli einige Schritte und stand am Rand einer gähnenden Grube. Einige Fackelträger leuchteten in die Finsternis hinab. Fromme Hände hatten am Grunde Teppiche ausgebreitet. Das Grab war ein weiches Ruhelager.

Die Brahmanen faßten Udschli rasch unter den Armen, hoben sie vom Boden und senkten sie sacht in die Tiefe. Während sie in den Händen der Männer war, schrie sie: »Haltet mir das Kind über den Rand!« Sie fiel unten mit einem Schmerzlaut auf die Knie, blieb so eine ganz kurze Zeit unbeweglich, dann legte sie sich langsam auf den Rücken, streckte sich aus und faltete die Hände, die Augen weit offen nach oben gerichtet.

Die Gebete der Brahmanen wurden dringender und heißer, ein Regen von Blumen prasselte in den Schacht hinab und der Vaëdya stieß den völlig geistesabwesend und knieschlotternd dastehenden Dasa an: »Bedecke sie!«

Seine erste Bewegung war, zu Udschli hinabzuspringen. Zahlreiche Fäuste hielten ihn jedoch zurück und der Vaëdya wiederholte, seine Hand erfassend und zu einem losen Erdhaufen führend: »Bedecke!«

Die zitternden Finger griffen zu und ließen einige Krumen am Fußende in das Grab rieseln. Gleichzeitig hatten aber alle anderen Erde hinabzuwerfen begonnen.

Mit einem Ruck setzte Udschli sich auf, wehrte heftig die herabkollernden Schollen von sich ab und schrie durchdringend: »Zeigt mir mein Kind!«

Ihr Schrei feuerte die Betenden an. Wie von plötzlicher Raserei ergriffen raffte alles nach Erde und Gras, im Nu war die dem Tode Geweihte bedeckt, ihr Kopf sank zurück und verschwand unter der Erde. Noch zweimal drang ein ersticktes: »Kali! Kali!« kaum hörbar herauf, dann wurde es im Grabe still. Fast augenblicklich war es gefüllt und die immer noch niedersausende Erde erhob sich zu einem schwachen Hügel darüber. Die Brahmanen murmelten Gebete, die Frauen schluchzten laut und um den bewußtlosen Dasa beschäftigte sich der Vaëdya.

III.

Udschli wurde zu einer Art Schutzheiligen oder örtlichen Gottheit von Masrapur und ihr Grab zu einem wunderwirkenden Wallfahrtsorte. Da alle Welt von der hohen Tat sprach, kam sie auch dem englischen Residenten zu Ohren, der die eingeborene Regierung nötigte, eine Untersuchung einzuleiten. Es kam aber nichts dabei heraus, da niemand zum Verräter werden wollte, und das Verfahren hatte nur den Erfolg, daß das Ereignis im ganzen Lande Kutsch-Bihar und über seine Grenzen hinaus bis tief in Bengalen bekannt wurde und von vielen Tagereisen weit fromme Pilger herbeilockte. Über dem Grabe wurde ein kleiner Tempel errichtet, den kostbare Weihegeschenke der Gläubigen rasch zu einem der reichsten des Landes machten. In seinem Schatten ließen sich Fakire nieder, die immer wieder durch neu zuwandernde ersetzt wurden, als ein in der Gegend auftauchender menschenfressender Tiger sich einen nach dem andern wegholte. Zum höchsten Ruhme gelangte die Andachtstätte, als sich das seltene Wunder ereignete, daß man eines Morgens den Tiger vor den Stufen des Grabtempels an einem Cobrabisse verendet vorfand. Sein Fell wurde zubereitet, mit Purpurseide eingesäumt und über den niedrigen Grabhügel gebreitet. Mütter kamen mit ihren Kindern und ließen sie das Fell berühren, um die Gesunden vor feindlichem Zauber, bösem Blick und Krankheit zu behüten und die Kranken zu heilen.

Sie gingen auch die kleine Tschandni sehen, wenn ihnen das gegen eine besonders wertvolle Gabe gestattet wurde. Das war für erlesene Pilger die Ergänzung der Wallfahrt. Die Brahmanen, die durch ihr Heiligtum zu großem Ansehen und Wohlstand gelangten, sorgten auch für das Kind, die lebendige Vertreterin ihrer unter die Götter versetzten Mutter. Sie bestimmten Dasa, seine Hütte zu verlassen, und bauten ihm ein schönes Haus in der Nähe des Tempels. Er sah sich als einen Priester an, der sein eigenes Kind verehrte und bei ihm Tempeldienst verrichtete. Eine Schwester mit ihrem Manne wohnte bei ihm und zwei assamische Dienerinnen halfen ihr, das Kind zu pflegen.

Sie wuchs wie eine Königstochter auf, die nur unterwürfige Blicke und geneigte Stirnen um sich sieht. Sie war in silberdurchwirkten Musselin gekleidet, mit goldenem Geschmeide geschmückt und in der Mitte der Stirn mit dem gelben Tupf der Vornehmen ausgezeichnet. Sie war fast ganz weiß und entwickelte sich zu strahlender Schönheit. Die Dorffrauen sagten staunend unter sich, es geschehe, was sie nicht für möglich gehalten hatten: Tschandni werde noch schöner, als ihre Mutter Udschli gewesen. Um sie nicht einsam zu lassen, gab man ihr Altersgenossinnen, die täglich einige Stunden mit ihr spielen durften, doch wurden zu dieser Ehre nur Brahmanenkinder zugelassen.

Jedes andere Kind, das man derart verzogen hätte, wäre launisch und unausstehlich geworden; Tschandnis Charakter jedoch, so schien es, war nicht zu verderben. Sie war so gut wie schön und so klug wie gut. Die Brahmanen ließen sich ihre Geistesbildung angelegen sein. Früh besuchte sie die Dharmsala, die mit dem Tempel verbunden war und wo ein Pandit ihr liebevollen Unterricht in der Nagri- und Sanskrit-Schrift und Sprachlehre erteilte. Und als sie größer wurde, da urteilten die Brahmanen, daß es sich für sie nicht länger gezieme, in die öffentliche Schule zu gehen und mit den übrigen Dorfkindern, wenn auch von besserer Kaste, zusammen unterwiesen zu werden, und ihre weitere Ausbildung wurde einem alten Bhai anvertraut, der ihr in ihres Vaters Hause alle Schätze seines eigenen tiefen Wissens mitteilte.

Da lernte sie sämtliche Schastras, die ganze Gelehrsamkeit, die den Geist eines Hindus von vornehmster Kaste schmückt: Sanskrit-Sprachlehre, Dichtkunst, Rhetorik, die Puranas (klassischen Dichtungen), die Itihas (alte Geschichte), Yotisch (Astronomie und Astrologie) und zuletzt selbst Vedanta und Nyaya (Philosophie und Logik), Mantra, Tantra und Pudscha Path (Religionswissenschaft), deren Studium den niedrigen Kasten streng untersagt ist. Schon als halbwüchsiges Mädchen war sie so gelehrt, daß die Brahmanen sie zu ihren Schastrarth-Mubahisas oder Vedantisten-Disputationen im Tempel zuließen, und als sie fünfzehn Jahre alt war, schrieb sie Sanskrit-Gedichte, die sich rasch durch das ganze Land verbreiteten.

Auch ihre hohe Bildung und Begabung machte sie weder pedantisch noch hochmütig, sie blieb so anmutig und lieblich wie das

einfachste Mädchen ihres Alters und gegen ihren Lehrer und Vater
so rührend bescheiden, daß beide sie wahrhaft abgöttisch verehrten.

Daß das Grab im Tempel die Ruhestätte ihrer Mutter war, das
wußte sie seit dem Erwachen ihres Bewußtseins und es konnte ihr
deshalb auch nicht entgehen, daß man der Mutter göttliche Ehren
erwies. Als ihr Geist zum Nachdenken nach dem Grunde der Er-
scheinungen heranreifte, fragte sie denn auch häufig und immer
häufiger, weshalb das Andenken ihrer Mutter von solcher Weihe
umgeben sei, und die Sache beschäftigte sie schließlich so lebhaft
und unausgesetzt, daß sie nicht abließ, bis der Bhai, der ihr ohnehin
nichts abschlagen konnte, ihr eines Tages im Einverständnis mit den
Brahmanen die Wahrheit offenbarte. Er tat es schonend und zart-
fühlend, wie man es von einem großen Pandit erwarten durfte. In
einer Puranastunde, zwischen einem Mahâbhârata-Gesang und
einem Mrikschakatika-Auftritt, sprach er ihr ein Gedicht von einer
aussätzigen Mutter, die das Opfer ihres Lebens bringt, um den
Mahâ-Rôg von ihrem kleinen Mädchen an der Brust abzuwenden
und ihm Gesundheit und Schönheit zu sichern. Tschandni war davon so tief ergriffen, daß sie laut weinte und um die Wiederholung
des Gedichtes bat, damit sie es auswendig lernte. Und als der Bhai
ihrem Wunsche willfahrt hatte und Tschandni die Verse mit beweg-
ter Stimme aus ihrem Gedächtnisse nachzusprechen begann, da
faßte der Lehrer ihre Hand und fragte: »Meine Tochter, was wür-
dest du sagen, wenn dieses Gedicht von deiner eigenen Mutter
handelte?« Sie blickte ihn mit weit offenen Augen an und ihr Atem
stockte. Sie hatte ihn sofort verstanden. Für sie also war ihre Mutter
in den grausigsten Tod gegangen. Sie war das Kind des Opfers und
des Wunders. In diesem Grabe also, an dem auch sie täglich zu
beten und zu opfern gewohnt war, wurzelte ihre Schönheit und
Herrlichkeit. Das Leben gewann von da ab ein ganz anderes Ansehen für sie. Es lag etwas wie Geheimnis und Dämmer darüber. Daß
sie schön war, hatte sie, der jedermann mit Anbetung nahte, natürlich früh gewußt. Ihre Schönheit schien ihr jetzt eine unmittelbare
Gabe der Götter, ein Geschenk, das dem Himmel durch heilige
Heldentat abgeschmeichelt worden war, ein Vermächtnis, das die
Hand der Mutter ihr aus dem Grabe reichte, und in ihrem mit den
mystischen Schriften ihres Volkes genährten Mädchengeiste setzten
sich eigentümliche Begriffe von Pflichten fest, die sie gegen ihre

eigene Schönheit, gegen sich, die Mutter, die Welt und die Götter zu erfüllen habe.

Sie erreichte das sechzehnte Lebensjahr, nach indischer Anschauung das Alter der vollen Reife für ein junges Mädchen, und man mußte sich nun ernstlich mit ihrer Zukunft beschäftigen. Die Brahmanen gedachten, sie mit dem Sohne des angesehensten von ihnen zu verheiraten. Dasa, der um seine Meinung nicht gefragt wurde, sondern dem man nur den Beschluß mitteilte, verneigte sich tief und dankte für die fast erdrückende Ehre, die seiner Familie und Kaste erwiesen wurde. Als man aber Tschandni selbst eröffnete, welches Los man ihr zugedacht habe, da begnügte sie sich damit, schweigend ihre Tagstube zu verlassen und sich in das innere Gemach zu ihrer Muhme und ihren Dienerinnen zurückzuziehen, wo man sie mit ihrer süßen, schwermütigen Stimme das Lied singen hörte:

»Asan apna tscharkha Katna
Due da munh nahin tschatna
Kyun due de karan roiye,
Bhed apne dil da khoiye?

Asan apne ghare de Radscha
Due kane kudschh nahin kadscha?
Kyun dschag manas khusch karna?
Parna Malik dia tscharna.«

»Ich spinne von früh bis spät meinen Rocken und gebe weder noch verlange ich Küsse. Weshalb sollte ich mich nach einem andern sehnen, weshalb ein Herzensgeheimnis hüten?«

»In meinem eigenen Hause bin ich die Königin; weshalb sollte ich mich in das Haus eines andern wünschen? Weshalb einen Mann als Herrn über mich erkennen? Vor meinem Gott allein neige ich mich.«

Die Brahmanen des Tempels hatten sie viel zu lieb, um sie zu bedrängen, ihr Ältester fragte sie aber dennoch nach einiger Zeit, wie sie sich ihr Leben einzurichten gedenke, wenn sie vor der Ehe Abneigung habe? Da enthüllte sie den Herzenswunsch, mit dem sie sich trug, seit ihr das Lied von der Selbstopferung der Mutter Tag und Nacht im Kopfe sang: sie wollte auch noch die den Frauen in der Regel untersagte höchste Stufe der Sanskrit-Gelehrsamkeit erklimmen, sie wollte Vaidik, die einheimische Heilkunde, studieren und ihren Hinduschwestern als Ärztin ihr Leben widmen.

Das war ein erschreckend kühner Gedanke. Er wich vom geheiligten Herkommen weit ab. Wer konnte jedoch daran denken, der holden Tschandni eine Bitte zu verweigern? Die Brahmanen bestellten also nach kurzem Widerstand den besten Arzt, den es im Lande gab, obschon er nicht einmal ein Pandit war und im Gegensatz zu einem solchen, der für seinen Unterricht niemals einen Lohn annimmt, hoch bezahlt werden mußte, und Tschandni begann tatsächlich von diesem Meister in die Geheimnisse des Scham Radsch und Susruta, des Tscharaka und Madhana Nidan, eingeführt zu werden.

Sie gelangte indes in ihrem Studium nicht weit, denn das Schicksal fügte, daß in ihrem Leben eine plötzliche Wendung eintrat.

Tschandnis Ruf erfüllte das ganze Land. Das Lied von ihrer Mutter war in aller Munde, von ihrer eigenen, fast überirdischen Schönheit und Klugheit, Anmut und Gelehrsamkeit erzählte das Volk sich in Tempeln und Bazaren, und man erfuhr schließlich auch im Palaste des Radschas davon. Der Radscha hatte eines Tages die Laune, das lebende Wunder von Masrapur sehen zu wollen, um sie zu besitzen, wenn sie wirklich so bezaubernd war, wie der Volksmund sie schilderte. Er schickte deshalb seinen vertrautesten Kämmerer mit einem Gefolge von zwölf Sipais nach dem Dorfe, um Tschandni zu holen.

Als man im Orte den Auftrag des Höflings und der Bewaffneten erfuhr, da lief die ganze Bevölkerung, Männer und ältere Frauen, vor Dasas Hause zusammen und nahm eine so drohende Haltung an, daß der Abgesandte des Radschas es für klüger hielt, mit seinen Soldaten wieder abzuziehen. Er hatte aber Tschandni erblicken können und meldete seinem Herrn: »Du bist mir Vater und Mutter. Herr, nimm meinen Kopf, wenn es dir so gefällt, ich habe deinen Befehl nicht ausführen können. Ich fand das Mädchen von einem ganzen Volk umgeben, das sich bereit erklärte, sich lieber in Stücke hacken zu lassen, als ihre Entführung zuzugeben. Ich begreife es.

Denn das Mädchen scheint mir eher eine junge Göttin als eine Sterbliche.«

Die Worte seines Vertrauten reizten den Radscha derart, daß er einem ganzen Regiment seines Heeres den Befehl erteilte, in einem Nachtmarsch nach Masrapur zu eilen und das Dorf eng zu umzingeln, um zu verhindern, daß man das Mädchen über die nicht allzuferne Grenze nach Bengalen schaffe.

Am nächsten Morgen aber begab er sich selbst in großem Aufzuge nach dem Orte, wo man sich seinem Befehle zu widersetzen wagte.

Er fand alle Einwohner in höchster Erregung um den Tempel und Dasas Haus zusammengedrängt. Wohl berührten sie den Staub mit der Stirne, als sie des Herrn ansichtig wurden, doch rührten sie sich nicht vom Fleck, auf die Gefahr hin, von seinen Elefanten zerstampft oder von seinen Sipais niedergemetzelt zu werden. Trotz ihrer gewohnten Demut schienen sie zum äußersten entschlossen. Ehe es jedoch zu einem Zusammenstoße kam, traten die Brahmanen in voller Zahl, elf Männer verschiedenen Alters, aus dem Tempel, drängten sich zwischen das Volk und die Soldaten, und der älteste, ein hochgewachsener, langbärtiger Greis, sprach laut: »Willkommen sei der Herrscher, der ein Beschützer der Gerechtigkeit ist.«

Der Radscha blickte ihn finster an, stieg vom reichen Hauda seines Elefanten herab und fragte, die Hand am rubinbesetzten Säbelgriffe: »Wo ist Tschandni?«

»Was willst du mit Tschandni?« lautete die Gegenfrage der Brahmanen.

»Wer wagt es, seinen Herrn zu befragen?« rief der Radscha heftig.

Der Greis antwortete unerschrocken: »Ein Diener der Götter und Bewahrer der Väterweisheit.«

»Jagt den Schwätzer fort!« befahl der Radscha, zum Führer seiner Leibwache gewendet.

Das Volk erhob ein ungeheures Geschrei, die Sipais zögerten, der Radscha wurde dunkelrot im Gesicht und machte eine Bewegung, um blank zu ziehen. – Da verstummte plötzlich das Volksgeschrei, der Haufe wich ehrerbietig zurück und auf der Schwelle von Dasas

Hause wurde Tschandni sichtbar. Sie war ganz weiß gekleidet, ihr Antlitz war sehr bleich, aber sie schien ruhig. Sie trat langsam vor, blieb drei Schritte vom Radscha stehen, neigte das Haupt und fragte sanft: »Erlauchter Herr, du hast meinen Namen gerufen. Was befiehlst du?«

Bei ihrem Anblick war der Radscha ganz starr und fassungslos geworden. Er ließ sein Auge lang in stumme Bewunderung verloren auf der herrlichen Gestalt ruhen, dann stammelte er: »Tschandni, du bist schön wie der Tag. Schöneres hat mein Auge nie gesehen.«

Tschandni blieb stumm und blickte mit hoch errötendem Angesicht zu Boden.

Der Radscha näherte sich ihr und sagte mit erregter Stimme: »Mädchen, ich nehme dich mit, mein Palast ist öde ohne dich.«

Tschandni wich rasch zurück, ehe er ihre Hand ergreifen konnte, und erhob ihre leuchtenden Augen zu ihm: »Erlauchter Herr, wenn du mich kennst, so kennst du auch die Geschichte meiner Mutter. Ihr Grab ist hier und sie hört dich und mich. Unser aller Leben ist in deiner Gewalt. Aber dein Spielzeug darf ich nicht sein.«

Ein Murmeln der Bewunderung ging durch das Volk. Wütend wandte der Radscha sich um. »Jagt das Gesindel weg!« schrie er seinen Soldaten zu. Inmitten des folgenden großen Geschreis und Tumults führten einige Brahmanen Tschandni rasch in ihr Haus zurück, der älteste aber bat den Radscha: »Erlauchter Herr, möge es dir belieben, in den Tempel einzutreten. Das ist eine würdigere Stätte für Zwiegespräche als der offene Dorfplatz.«

Der Radscha folgte finster der Aufforderung. Im Innern des Tempels angelangt, erhob der Brahmane mit größerem Selbstbewußtsein die Stimme: »Herrscher, gibst du den Göttern in den Himmeln Ehre?«

»Ich gebe den Göttern in den Himmeln Ehre, wie ich auf Erden für mich Ehre fordere.«

»Sehr wohl, Herr, dann wirst du an der Karmadêvata, die hier unter dem Tigerfell ruht, nicht freveln wollen.« Und er erinnerte ihn in kurzen Worten an Udschlis Selbstopferung, an die Verehrung, der sie im ganzen Lande genoß, an die unzähligen Wunder, die sie fortwährend wirkte und deren Zeugen die an allen Wänden hängenden Weihgeschenke waren.

Die Rede des Brahmanen blieb nicht ohne Eindruck auf den abergläubischen Mann. Mit einem scheuen Blick auf den geschmückten flachen Grabhügel und die Spenden der Gläubigen murmelte er: »Ich bin der Herr des Landes und euer Gebieter. Tschandni ist mein und ich will sie bei mir haben.«

»Erlauchter Herr, wenn du sie bei dir haben willst, so mußt du sie heiraten.«

»Was unterstehst du dich?« fuhr der Radscha auf.

Der Greis ließ sich nicht einschüchtern. »Das Mädchen ist aus guter Kaste, eine Vaischia, also eine Zweimalgeborene.«[5]

»Ich bin ein Kschatria und Träger des Schwertes!« rief der Radscha dazwischen.

»Tschandni ist durch die Tat ihrer Mutter und durch die eigene Gelehrsamkeit doppelt eine Arya. Sie ist einem Kschatria und Herrscher ebenbürtig.«

»Die Tochter eines Rayat!«

»Es liegt in deiner Hand, ihn zu erhöhen.«

»Es liegt auch in meiner Hand, das Mädchen mitzunehmen.«

»Du wirst Gewalt anwenden müssen und viel Blut vergießen. Ein Sturm wird durch das Land gehen. Der Engländer wird sich einmischen. Und du wirst deinen Willen vielleicht doch nicht durchsetzen.«

»Drohst du mir, Alter?«

»Erlauchter Herr, ich warne dich nur, wie mein Alter es mir gestattet.«

Der Radscha, ein Spielzeug jäher Launen, doch kein starker Charakter, versank in Nachsinnen. Er sah im Geiste Tschandni und er sah hinter ihr schattenhaft den Political. Die eine bezauberte, der

---

[5] ›Zweimalgeborene‹ nennt man in Indien die Angehörigen der drei obersten Kasten, der Brahmina, Kschatlia und Vaischia.

andere erschreckte ihn. Nach einem langen innern Kampfe sagte er schließlich: »Alter, wenn du versicherst, daß Tschandni eine Arya ist, so muß ich mich wohl dem Gesetze fügen. Ich will denn eine Gandhârvâ Vivâha[6] mit ihr eingehen und sie zu diesem Zwecke gleich mitnehmen.«

»Nein, Herr, das wäre ungeziemend. Wir werden sie dir zuführen, wie es der Brauch fordert.«

»Du stellst mich auf harte Proben, Alter!« rief der Radscha ungeduldig. »Ich will aber bis zuletzt nachgeben. Ich erwarte, daß ihr sie morgen nach Kutsch führt.«

»Dein Befehl ist Gesetz, erlauchter Herr.«

»Und jetzt will ich meine Braut in Ruhe sehen,« sprach der Radscha und verließ rasch den Tempel.

Man konnte ihn nicht verhindern, in Dasas Haus und bis in das Frauengemach einzudringen, wo Tschandni, von ihren Angehörigen und Dienerinnen umgeben, auf dem Diwan saß und weinte.

»Stille deine Tränen, Tschandni,« rief er, während die Frauen erschrocken auseinanderstoben und sich in die Ecken drückten. »Ich habe beschlossen, dich zu meiner Gattin zu machen, denn ich kann ohne dich nicht leben. Blicke mich freundlich an, meine Teure, meine Königin.«

»Ist das dein Ernst, erlauchter Herr?« fragte Tschandni, ihre Tränen trocknend und zu ihm aufblickend.

»Ein Königswort ist immer ernst, Herrin.«

Da faßte Tschandni den Saum seines goldbrokatenen Rockes und verneigte sich bis auf den Boden vor ihm, er aber hob sie auf und schloß die Erbebende in seine Arme.

Er schmückte ihr Armgelenk mit seinem eigenen Rubinen- und Diamantenarmband, beschenkte Dasa und die Brahmanen reichlich und nahm von Tschandni nach einiger Zeit zärtlichen Abschied. Als er an der Spitze seiner Truppen den Ort verließ, fiel die ganze Bevölkerung vor ihm in den Staub und stieß Freudenschreie aus, die

---

[6] Gandhârvâ Vivâha, wörtlich: Hochzeit mit Musikbegleitung, eine Alt weltlicher Eheschließung ohne Priestersegen.

ihm weithin nachhallten. Tschandni aber ging in den Tempel und kniete am Grabe der Mutter nieder. Ihre Stirne berührte den darübergebreiteten Teppich und ihre Tränen flossen auf ihn hinab. Von ihren Lippen strömten heiße Dankesworte an die Heilige, die da unten schlief, an die treue Mutter, die mit ihrem Leben dem Kinde Schönheit und Erhöhung erkauft hatte. Sie weihte der Mutter ihren ganzen Mädchenschmuck und behielt als einziges Geschmeide nur das Geschenk des königlichen Freiers.

Ein Elefant des Radschas holte am nächsten Tage Tschandni, die, in die ihr gesandten kostbaren Gewänder gehüllt, sich nochmals vom Grabe der Mutter verabschiedete und dann im vergoldeten Hauda Platz nahm.

Sie hatte sich ausgebeten, Dasa, ihre assamischen Dienerinnen und ihren Bhai mitnehmen zu dürfen.

Die ganze Dorfschaft geleitete sie eine Strecke Weges und die Rüstigsten kehrten erst um, als sie sie, am Stadttor von dem Radscha und seinem Gefolge empfangen, in den Palast hatten einziehen sehen. Obschon die Hochzeit nur eine Gandhârvâ Vivâha war, feierte Masrapur sie doch wie ein großes Fest.

IV.

Wie das Schicksal der schönen Tschandni sich entwickelte, das erzählt ein Lied, das im ganzen Lande zwischen Brahmaputra und Ganges von den Lippen des Volkes tönt und das sich anhört wie ein Sang des Mahâbhârata.

Von dem Augenblicke, wo Tschandni in den Palast des Radschas Raghunathe Tschakrawortti eingetreten war, bestrickte ihr Zauber den Gatten völlig und machte ihn zu ihrem willenlosen Sklaven. Seine älteren beiden Frauen und seine Dienerinnen waren aus seinem Herzen und Gedächtnisse verdrängt, sie wurden in einen abgelegenen Flügel des Palastes verbannt und sie sahen das Antlitz ihres Gebieters nicht mehr vor sich. Da verschworen sie sich gegen die glückliche Nebenbuhlerin, bestachen die assamischen Dienerinnen und ließen durch sie Tschandni und ihren Bhai mit einem schleichenden Gift aus zerstoßenen Diamanten vergiften.[7] Nach der schwarzen Tat entflohen die Verräterinnen unter dem Schutze ihrer Anstifterinnen, der Bhai starb und Tschandni wurde sehr krank. Das Verschwinden der Assamerinnen, der Tod des Pandits, die Erkrankung Tschandnis, unkluge Worte der Frauen erweckten Verdacht, der Vaëdya des Radschas erkannte die Vergiftung, es fanden Folterungen und geheime Hinrichtungen statt und durch den Palast erging das Wort des Herrschers: »So soll es allen ergehen, die sich gegen meine Herzenskönigin verfehlen.«

Tschandni erholte sich, aber sie war nun allein, von fremden Gesichtern umgeben, schaudernd bei der Erinnerung an das Blut, das um ihretwillen vergossen worden, und ihre purpurnen Lippen verlernten das Lächeln, das Helligkeit verbreitete wie die lichte Sonne selbst.

Kaum war sie wieder gesund geworden, als Prinz Maksudan, der jüngere Bruder des Radschas, von einem Aufenthalt im Lande der Feringi heimkehrte und den Befehl über das Heer seines Bruders übernahm. Er war heißblütig und gewalttätig, ein richtiger Kschatria. Als er Tschandnis zum erstenmal ansichtig wurde, ent-

---

[7] Die Hindus halten Diamantenstaub für ein unfehlbares, langsam wirkendes und nicht nachweisbares Gift.

brannte er sofort in verbrecherischer Leidenschaft zu ihr und wagte es alsbald, ihr seine Gefühle zu erkennen zu geben. Sie floh ihn voll Grauen und wünschte sich den Tod. Prinz Maksudan fand Gelegenheit, bis zu ihr zu gelangen, und er ließ nicht ab, sie zu bedrängen. Eines Tages sagte er ihr frech heraus, sie müsse sein werden, denn er könne ohne sie nicht leben. Da stellte sie ihn vor die Wahl: entweder er ging ungesäumt unter einem Vorwand auf Reisen und kehrte erst wieder, wenn er sich von seinem Wahnsinn geheilt fühlte, oder sie entdeckte alles seinem königlichen Bruder und suchte Schutz bei ihm.

Er verneigte sich stumm und entfernte sich aus ihrer Gegenwart, er ging aber nicht auf Reisen, sondern zettelte unter den Führern der Leibwache eine Verschwörung an und überfiel des Nachts seinen Bruder in dessen Schlafgemache.

Es war eine Schreckens- und Mordnacht. Der Radscha setzte sich zur Wehr, seine Diener und ein Teil seiner Krieger blieben ihm treu, der Kampf dauerte lang und wurde unerbittlich geführt, das Blut floß in Strömen durch die Gänge und über die Treppen des Palastes, die Leichen lagen zu Hauf in den Gemächern und Höfen, der Sieg blieb dem Prinzen Maksudan und dem Radscha Raghunathe Tschakrawortti schnitt der Oberst der Leibwache, der Vertraute des Prinzen, mit eigener Hand den Kopf ab. Als aber der Sieger seine Beute suchte, da erfuhr er zu seiner namenlosen Wut, daß sie im Palast nicht zu finden war.

Das Ende des Liedes voll Greuel und Entsetzen lautet:

»Beim Morgengrauen pochte eine zagende Hand an die Tür des Tempels der Karmadêvata Udschli.

»Wer fordert so früh Einlaß? Wer will so früh beten und opfern?«

»Tschandni, die Königin, Tschandni, eure Tochter, verlangt zu ihrer Mutter!«

Die Tür ging weit auf. Die Königin trat ein. Sie schwankte zum Grab und sank darauf.

Ihr Haar war gelöst. Ihr Kleid war taudurchnäßt. Ihre Füße waren staubig und wund.

Sie schluchzte und stöhnte: »O Mutter! Du bist für mich gestorben. Warum ließt du mich nicht mit dir sterben?

Meine Schönheit ist der Preis deines Lebens. Warum hast du mir Schönheit gekauft?

Sie ward zum Fluche für dich, für mich, zum Fluche für alle, die mir nahten.

O Mutter, heilige, göttliche, du bist für mich gestorben. Warum ließt du mich nicht mit dir sterben?«

Sie schluchzte und stöhnte. Fieberschauer schüttelte ihren Leib, den Leib von göttlicher Vollendung.

Der Arya nahte sich erschrocken und demütig: »Herrin, woher dein schwarzer Kummer?«

Er schrie auf, als er die Herrliche berührte. Der Saft der Mandragora hatte sein Werk getan.

Von Pferdehufen erbebte der Grund. Schwerthiebe dröhnten gegen die Pforte.

»Die Königin verbirgt sich hier! Ihr seid des Todes, wenn ihr sie verheimlicht.«

Der Priester wies die tobenden Krieger ins Heiligtum, an das geweihte Grab.

Fahl wurden die Lippen, stumm war das Entsetzen, am Boden klirrten die glänzenden Helme.

Was frommte dem Kinde die Mutterliebe, die mächtig besiegte den Mahâ-Rôg?

Über tredition

Eigenes Buch veröffentlichen

tredition wurde 2006 in Hamburg gegründet und hat seither mehrere tausend Buchtitel veröffentlicht. Autoren veröffentlichen in wenigen leichten Schritten gedruckte Bücher, e-Books und audioBooks. tredition hat das Ziel, die beste und fairste Veröffentlichungsmöglichkeit für Autoren zu bieten.

tredition wurde mit der Erkenntnis gegründet, dass nur etwa jedes 200. bei Verlagen eingereichte Manuskript veröffentlicht wird. Dabei hat jedes Buch seinen Markt, also seine Leser. tredition sorgt dafür, dass für jedes Buch die Leserschaft auch erreicht wird.

Im einzigartigen Literatur-Netzwerk von tredition bieten zahlreiche Literatur-Partner (das sind Lektoren, Übersetzer, Hörbuchsprecher und Illustratoren) ihre Dienstleistung an, um Manuskripte zu verbessern oder die Vielfalt zu erhöhen. Autoren vereinbaren direkt mit den Literatur-Partnern die Konditionen ihrer Zusammenarbeit und partizipieren gemeinsam am Erfolg des Buches.

Das gesamte Verlagsprogramm von tredition ist bei allen stationären Buchhandlungen und Online-Buchhändlern wie z. B. Amazon erhältlich. e-Books stehen bei den führenden Online-Portalen (z. B. iBookstore von Apple oder Kindle von Amazon) zum Verkauf.

Einfach leicht ein Buch veröffentlichen: **www.tredition.de**

Eigene Buchreihe oder eigenen Verlag gründen

Seit 2009 bietet tredition sein Verlagskonzept auch als sogenanntes "White-Label" an. Das bedeutet, dass andere Unternehmen, Institutionen und Personen risikofrei und unkompliziert selbst zum Herausgeber von Büchern und Buchreihen unter eigener Marke werden können. tredition übernimmt dabei das komplette Herstellungs- und Distributionsrisiko.

Zahlreiche Zeitschriften-, Zeitungs- und Buchverlage, Universitäten, Forschungseinrichtungen u.v.m. nutzen diese Dienstleistung von tredition, um unter eigener Marke ohne Risiko Bücher zu verlegen.

Alle Informationen im Internet: **www.tredition.de/fuer-verlage**

tredition wurde mit mehreren Innovationspreisen ausgezeichnet, u. a. mit dem Webfuture Award und dem Innovationspreis der Buch Digitale.

tredition ist Mitglied im Börsenverein des Deutschen Buchhandels.

Dieses Werk elektronisch lesen

Dieses Werk ist Teil der Gutenberg-DE Edition DVD. Diese enthält das komplette Archiv des Projekt Gutenberg-DE. Die DVD ist im Internet erhältlich auf **http://gutenbergshop.abc.de**